人间天堂烟雨中

遇见老杭州

李杭育/著

重庆出版集团 重庆出版社

图书在版编目(CIP)数据

人间天堂烟雨中：遇见老杭州 / 李杭育著. —重庆：重庆出版社，2022.3
ISBN 978-7-229-16060-9

Ⅰ.①人… Ⅱ.①李… Ⅲ.①随笔—作品集—中国—当代 Ⅳ.①I267.1

中国版本图书馆CIP数据核字(2021)第199102号

人间天堂烟雨中——遇见老杭州
RENJIAN TIANTANG YANYUZHONG——YUJIAN LAOHANGZHOU

李杭育 著

责任编辑：陶志宏 张 蕊
策　　划：白 翎 玉 儿
特约策划：王万顺
责任校对：刘小燕
装帧设计：璞茜设计

重庆出版集团
重庆出版社　出版

重庆市南岸区南滨路162号1幢　邮政编码：400061　http://www.cqph.com
书情文化工作室制版
天津行知印刷有限公司印刷
重庆出版集团图书发行有限公司发行
E-MAIL:fxchu@cqph.com　邮购电话：023-61520646

全国新华书店经销

开本：787mm×1092mm　1/32　印张：9　字数：190千
2022年3月第1版　2022年3月第1次印刷
ISBN 978-7-229-16060-9

定价：52.00元

如有印装质量问题，请向本集团图书发行有限公司调换：023-61520678

版权所有　侵权必究

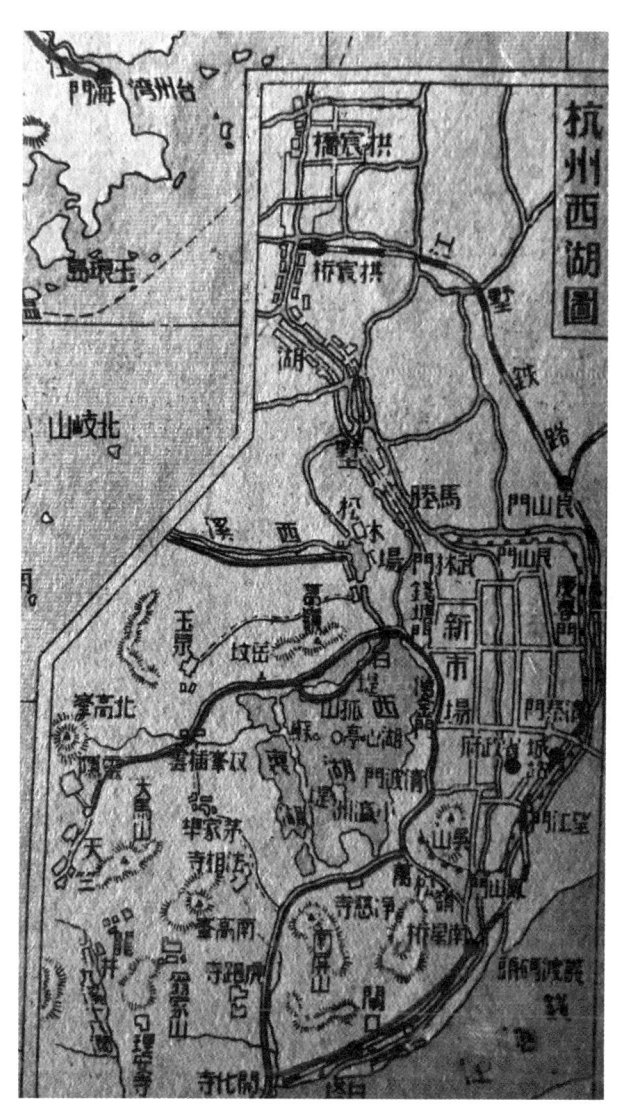

杭州西湖图

1937年以前，西湖全景图

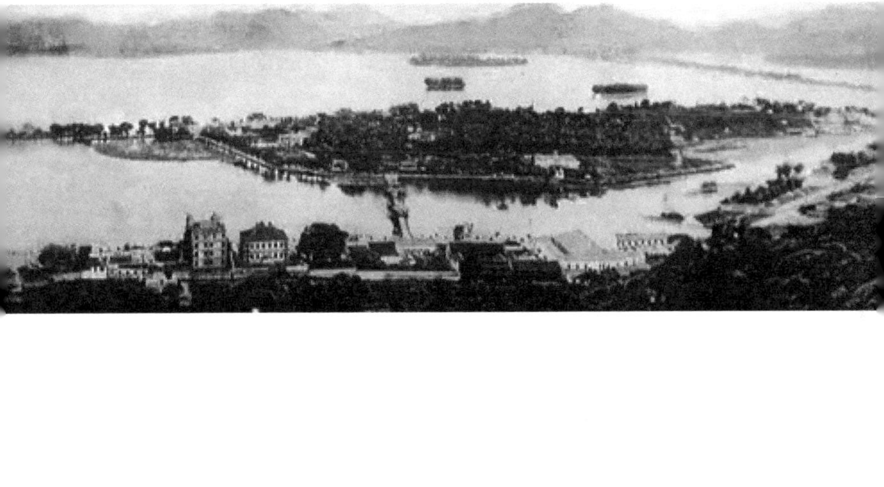

自序

我是1957年夏天生在杭州的。那时的杭州街上，已经不见了旧社会里那种老式的，即用人拉着跑的"黄包车"，而统统改用了你在今天的杭州街头仍可见着的用脚蹬的带篷三轮车。只是，你现在看到的杭式三轮车上，已经在车把上装了车铃，不再是我小时候很耳熟的那种靠挤捏橡皮气囊吹响的铁皮喇叭。那喇叭"咕嗒咕嗒"地满街叫着跑，是儿时的我对杭城街头最深的印象之一。如今，谁若跟我提起老杭州（还不算很老的老杭州），我脑子里的头一个反应便是那铁皮喇叭，我的想象便开始随着那"咕嗒咕嗒"声去走街串巷。

或许是因为印象太深，又恍惚觉得，还在我母亲生下我来的那个夏日里，这一声声"咕嗒咕嗒"就已经从医院婴儿房的窗口，传入尚未睁开眼来的我的耳朵里了。我就是在这首老杭州最流行歌儿的声声吟唱中生下来的。所以我长大后做了作家，写小说，以及别的这样那样的文章。这一定有点关系。

可是，如何写《人间天堂烟雨中——遇见老杭州》这样一本书？

因我不曾在1949年以前生活过，我写老杭州不能是纯粹作家式的，亦即很个人化的那样写法。我个人与1949年以前的老杭州不搭界，尽管在读了那时的许多文字和照片之后，借助一个小说家的智力，我也获得了对于老杭州一些很个人化的感觉、理解。总之我不能把老杭州写成我个人观感式的。但又因为地方志、风物志式的读物读来乏味，令人生厌，我也不愿那样写法，不甘心只做个老杭州方方面面的编纂者，再说那类泛泛介绍老杭州的书，市面上已经很不少了。

我写的老杭州，既不是我本人亲身经历的老杭州，也不是由年代、数字、人物履历和功业等组成的老杭州。换言之，我这本《人间天堂烟雨中——遇见老杭州》，若让你读到真正有意思的东西，那都是从前人的生活感受中体验出来，从那时留下的一幅幅老照片上品味出来的。

目录
Contents

自序 · 001

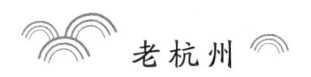

老杭州

佛地杭州 · 002

城与湖 · 025

杭州人 · 061

外乡人 · 086

民生十年 · 117

黯淡岁月 · 146

江南旧事

白铁师傅 · 148

棒冰棒 · 151

包裹纸 · 154

贝铃车 · 157

绷绷线 · 160

猜冬猜 · 163

抽陀螺 · 166

吹糖人 · 169

打弹子 · 171

叠纸 · 174

冬腌菜 · 177

独轮车 · 180

躲猫猫果儿 · 183

放鞭炮 · 186

放风筝 · 189

滚铁环 · 192

锅儿缸灶 · 195

河埠头 · 198

荷花糕 · 201

兰溪船 · 204

老虎灶 · 207

老井 · 210

露天电影 · 213

霉菜梗 · 215

磨剪刀 · 218

年糕 · 221

女红 · 224

拍洋片儿 · 227

如歌的叫卖 · 230

扇子有风 · 233

绍兴毡帽 · 236

生煤炉 · 239

蓑衣 · 242

糖桂花 · 244

剃头挑子 · 247

下雪了 · 250

修阳伞，补雨伞 · 253

杨梅烧酒 · 256

义乌糖 · 259

造房子 · 262

粘知了 · 265

竹器 · 268

捉毛蟹 · 271

爆米花 · 274

老杭州

佛地杭州

和尚看风景

◎ 弘一法师（李叔同），佛学大师，1918年8月19日，在杭州虎跑寺剃度出家

弘一法师（李叔同）曾对友人谈起过他1918年在杭州虎跑寺出家当和尚的经过，开场头一句话便是说："杭州这个地方，实堪称为佛地；因为那边寺庙之多，有两千余所，可想见杭州佛法之盛了。"（《我在西湖出家的经过》）

说当时杭州有两千多所寺庙，这么大的数字或许令人难以置信。不过早在北宋时，苏东坡就说杭州有"三百六十寺"了（《怀西湖诗》）。宋室南渡后，杭城内外及周围湖山之寺

庙增至480所,这也是有记载的。因此,1930年代杭州的佛寺不会少于400所,是最保守的估计了。

差不多就在弘一讲那番话的时候,作家郁达夫也正居住在杭州。他是个无神论者,不信佛,谈起杭州庙多,笔下颇带挖苦:

> 杭州西湖的周围,第一多若是蚊子的话,那第二多当然可以说是寺院里的和尚尼姑等世外之人了。……你若上湖滨去散一回步,注意着试数它一数,大约平均隔五分钟总可以见到一位缁衣秃顶的佛门子弟,漫然阔步在许多摩登士女的中间……(《玉皇山》)

◎林风眠(左一)、林文铮、关大羽合影。1928年,林风眠受蔡元培之邀赴杭州筹办国立艺术院(中国美术学院前身),并出任院长

欣赏也罢,挖苦也罢,反正,旧时杭州寺庙多得出奇是个事头。宋人已将杭州称作"江南佛国",而那之前,吴越国的时候杭州已经造了一百多座宝塔。所有这

些寺庙、宝塔都让后世写过杭州观感、西湖游记一类文章的人们印象深刻。这个事实具有许多含义，可以解释老杭州的许多特征。不过弘一法师在那篇谈话里没有顺着这个话题讲下去，没有讲杭州为何会有那么多寺庙。大概是觉得不言而喻吧。

画家林风眠1920年代曾在杭州创办国立艺术院并任校长兼教授。他的话以果推因，道出了弘一的未尽之言："杭州西湖之寺观林立，正是杭州西湖比别的地方更为富于天然美的证明。"（《美术的杭州》）

也就是说，因为杭州风景好，所以杭州寺庙多。

你想，全中国无论哪里，风景好的地方都必定建有寺庙，是个什么道理？

古书上常称佛地、佛寺为"山林""丛林"，言下之意是天下佛寺总是建在山水佳境。先是风景吸引了和尚，然后他们建起的寺庙，在经历许多世代之后，便成了名胜古迹。

所以我说，和尚们和道士们，堪称是中国各地山水风光最早的发现者、开发者，其足迹所至，远在徐霞客、张岱们之前。风景这么好的杭州和西湖，哪能不让他们占去许多？！

从某种意义上说，是和尚们发现了杭州这个"天堂"。

远在晋代以前和尚们就知道杭州的妙处多多,所以从那时起他们就开始到杭州来建庙,而且一来就是一发而不可收拾了。

丛林处处

杭州寺庙之多,仅是里西湖(北山路)短短一线,就有几十座之多。

自钱塘门出城往岳坟方向去,第一座大寺庙是昭庆寺(即现在的"少年宫"),做的水陆道场。抗战胜利后的几个月里,缴了械的驻杭日军被集中安顿在昭庆寺,可想而知该寺之大。

接下去那一路还有智果寺、玛瑙寺、招贤寺,直至里湖那头也是规模很大的凤林寺,都是比较出名的。智果寺是苏东坡当杭州太守时重建的,据说是因为他初见该寺,竟与他在黄州时所梦见的一模一样。后来苏东坡不仅重修智果寺,还约了十多位诗友来寺内赋诗题字。

招贤寺则因有来自西藏的玉佛而闻名,及至弘一法师圆寂,灵骨在移至法师当年出家之虎跑寺之前曾在该寺供奉。

上面这些都还不算是最出名的。杭州的大寺庙,旧时号称"八大丛林",都是建在自南、北、西三面围绕西湖的那些山上山下。山都不大,不高,却也因此而方便了朝山的香客。

寺庙建在山中,得以占地广大,院阔庭深,且有山泉潺潺,林木葱郁,在出家人眼里实在是没有什么地方比这里更聚仙气、更显佛光了。内行人都说,西湖风景,山色胜于湖光。说来也怪,像这样灵气十足的山林,也只在西湖周围诸山见得,出了杭州往富阳去或者往余杭去,过云栖、梅家坞、十里琅珰及小和山之外,你就看不到像西湖

◎灵隐寺大雄宝殿

◎灵隐寺，西湖诸寺，首推灵隐，由印度高僧慧理始建，后几经火毁又几度重建，越建越壮丽、考究

◎明代灵隐寺大佛像

诸山这样林深树密、烟霞氤氲的景象了。这也可以解释为何是杭州集中了诸多古刹而不是分布一些到邻近各县，须知在宋朝之前，杭州比起周围诸县还算不得大地方呢。

西湖诸寺，首推灵隐，殿宇宏大，佛像雄伟，乃东南第一大佛寺，东晋咸和元年（326）即由印度高僧慧理始建。1600多年来几经火毁又几度重建，越建越壮丽、考究。清道光年间重建，梁木取自汉口，柱木得于南京。光绪年间又重建，巨商盛宣怀竟从南美购来木材。

除了佛殿，寺内还有多处名胜。奇石嶙峋的飞来峰，得名于那位印度高僧对它的一句感叹："吾国天竺灵鹫山之一小朵，不知何年飞来？"后来，

◎飞来峰一线天。飞来峰,得名于慧理高僧对它的一句感叹:"吾国天竺灵鹫山之一小朵,不知何年飞来?"

◎灵隐冷泉亭

◎净慈寺。始建于五代周显德元年(954),旧时规模之大,香火之盛,堪与灵隐寺媲美,故有"北山灵隐,南山净慈"之说

◎南屏晚钟,西湖十景之一。明洪武年间,净慈寺以两万斤铜铸一口大钟,于是"南屏晚钟"随风飘送,响彻杭城……

自五代经宋至元，在飞来峰的岩壁上和几个石洞内外，留下380余尊石刻造像，被后世认作西湖文物精粹。还有冷泉亭，最得宠于文人墨客，唐代的白居易就曾为它写过一篇《冷泉亭记》，其文曰："东南山水，余杭郡为最。就郡言，灵隐寺为尤。由寺观，冷泉亭为甲。"可谓推崇之极。

自五代周显德元年（954）永明大师始建之净慈寺，旧时规模之大，香火之盛，堪与灵隐寺媲美，故杭人有"北山灵隐，南山净慈"之说。苏东坡留下诗句，道出该寺之宏伟："卧闻禅老入南山，净扫松风五百间。"宋高宗时重建罗汉堂，塑五百罗汉，形态各异，无一雷同。其地风光，前矗雷峰塔，后倚南屏山，本是浑然一体，可惜后来修建的南山路，穿寺而过，将其一分为二。明洪武时，净慈寺以两万斤铜铸一口大钟，于是"南屏晚钟"随风飘送，声声响彻杭城……

杭州还是个各种宗教和睦共处，各类庙堂香火皆旺的地方。玉皇山上有道观，葛岭上有抱朴子炼丹处，还有黄

◎黄龙洞

◎远眺雷峰塔

龙洞道院，这些都是杭州道教的大场子。黄龙洞原是佛家的慧开和尚在此建的寺，后来竟成了道家的场子，这该是个很有趣的故事。

地处杭州闹市羊坝头的凤凰寺，是我国现存伊斯兰教四大古寺之一，始建于唐代，后来在南宋咸淳七年（1271）由回族人阿老丁重建。直至今日，那寺里面还有不少东西是元代乃至元以前的旧物。

"烧香老太婆"

众多寺庙不仅是老杭州的一道风景,更是老杭州许多现象、事理的成因。

举例说,老杭州固定不变的一道风景,是每到春天,沿湖环山的条条道路上满是朝山香客,几万几万的,都是来自嘉兴、湖州和苏南各地乡间的村姑蚕妇,像是有统一制服似的一色儿穿着靛蓝土布衣裳,身背香袋,自带米饭、干粮,一群数十人乃至一两百人地结队而行……

直到今天,这道杭州特有的风景依旧。

谁都知道杭州是个旅游城市,许多产业与旅游相关,许多人靠游客吃饭,名声在外靠的也是旅游的传播。但你还应该知道,"旅游"是个现代概念,旅游成为一项产业还是20世纪的事情。尤其大众旅游,是最近几十年才在世界范围兴起的时尚。从前是什么人有钱且有闲跑来跑去四处游山玩水呢?除了个把皇帝和一小撮文人墨客,20世纪以前的中国,很少有只为旅游而旅游者。人们跋山涉水,必定是有比看风景重大得多的理由。

对于旧时的善男信女们来说,最最重大的事情,莫过于朝圣了。尤其是旧时江南乡村的女子,从十几岁嫁人起,一生都给某个菩萨烧香,每年春天必来杭州,直到老

◎龙井寺

◎虎跑寺

死。杭州人把那些春天里成群结队来烧香拜佛的乡村男女，统称"烧香老太婆"。

岂不知，"烧香老太婆"们，正是来杭州来得最勤最多的旅游者！尽管他们通常都不乘车，不住店，也不下饭馆，除了花点香火钱几乎不在杭州消费。

先是西湖招来了和尚，再是和尚招来了香客。再后来，中产阶级开始有钱有闲，旅游蔚然成风。

但若光有西湖，还构不成一个旅游产业。没有人烟的山水，不见房舍，虎狼出没，令人生畏。用今天的话说，有了旅游资源，还得有配套的服务跟上。

灵隐、玉泉、龙井、虎跑、云栖等等，本来都是寺庙的名称，因寺得名而成为杭州的著名景点。这些地方从前除了寺庙，并没有专门的旅馆，更没有现在这么多的小店、小摊向游人兜售瓜子、饮料。那时杭州旅馆并不很多，规模也都偏小。一到春秋之季，游客猛增，颇感应接不暇。好在有寺庙帮忙——只要不是太小，地方太过偏狭的，中国的寺庙从来都是兼作客栈的，尽量周到地为施主、香客留宿预备房间或铺位。即使不住宿，暂时歇歇脚，也有斋饭、茶水之便。台湾的正中书局在1974年出版过一本名叫《三句不离本"杭"》的书，作者阮毅成1940年代曾任旧浙江省府的民政厅长。据他回忆说，不仅灵隐、龙井、虎跑、云栖、理安诸大寺备有极为雅洁的禅房与极为可口的素斋，就是里湖一带的小寺庙，也有能力接客。一般游客还更愿意住在里湖的小寺，因为这里就在湖边，可以随时游湖，并且离城区也近。

> 在西湖游山的人，随地可以见到庙宇，也就随时可以进入禅房。最少，可以喝一杯用本山茶叶新泡的好茶。需要进餐时，也可以随时嘱咐准备素斋。因为沿途的庙宇很多，走累了就随时可以有地方休息，并且有茶、有面、有菜、有饭。所以游山，真是并不费力，也更不费事。

就这样，在现代旅游业尚处于起步阶段的杭州，众多寺庙成就了这个新兴产业。

而旅游又带动了杭州的其他生意。从前武林门俗称北关门，是老杭州水陆交通的一大枢纽，自嘉兴、湖州、苏州走水路而来的三吴士女春游进香者，多泊船于此。每到傍晚，樯帆如林，百货登市，篝灯烛照，凡自西湖游归者多集聚于此，熙熙攘攘，人影杂沓，赛过元宵灯市。老杭州之"北关夜市"向来出名。

"烧香老太婆"们虽然每人在杭州只花了一点小钱，但挡不住他们的人数实在太多,聚沙成塔,也能让杭州的商业火上一把。西湖香市,起于花朝,止于端午,以旧历二月十九日的三天竺之观音会为极盛。凡江南苏松常,浙北杭嘉湖一带,乡村男女,早则正月末,迟则二月初,皆由运河乘船而来,泊于武林门外松木场,或上埠歇入各寺院,或归来宿于自家船内。这些香客要在杭州笃坦待一阵子,直到把他们认定了该去烧一炷香的大寺小庙都去烧到,还了愿,买了符,如此尽兴地过完他们的春节之外一年中最隆重的节日,延挨到约莫春蚕该孵出来养了,才肯

◎乘坐画舫畅游西湖

回家。乡下人钱虽不多，却是把一年积蓄的多半做了香钱。于是，钱塘门外昭庆寺的前前后后，还有城隍山上下各庙的左左右右，杭城乃至外埠的商贩们争先恐后地赶来，各类店铺骤然云集。杭州城里的生意平常不怎么样，夏秋冬三季不抵春香一市。

太平天国中断了杭州的春香繁华，因为兵过之后，临湖各寺庙均毁，"烧香老太婆"们一时没了方向。许多被毁的寺庙再也没有重建起来，杭州的商业在洪杨以后萧条了好些年月，直到后来，沪杭铁路于1909年通车，重新给杭州经济带来生机，包括传统的西湖香市，逐年复苏，至1930年代初而达到鼎盛。那时杭州的春香贸易，常在二百万元以上，杭城内以此为生计者有几万人之多。沪杭铁路也从中分享到好处，每值香期，全路收入猛增，日均达一万五六千元。上海的中国旅行社每逢清明还包下游杭专列，四小时即可由沪抵杭。（参见张其昀《西湖风景史》）

终于，往寺庙去烧香的大军，不再是清一色的"烧香老太婆"了，而把1930年代上海那种花花世界的一代摩登男女也卷入进来。杭州的旅游业开始成熟。

佛界，俗界

传统色彩的杭州文化，也与杭州做了这样的"佛地"相关。

往雅处说，旧时杭州文人多与佛、道来往。教育家夏丏尊是位居士，亦即在家修行者。李叔同索性做了和尚。再扯远些，唐代大诗人白居易，宋代大诗人苏东坡、范仲淹等等，凡是到杭州来做过官的文人，几乎都与某个寺庙的方丈、住持交了朋友，都有与和尚们的笔墨来往。

白居易做过杭州刺史，和韬光禅师是朋友。白居易曾以诗邀禅师来城里他的官邸做客："命师来伴吃，斋罢一瓯茶。"韬光也以诗回复他："城市不堪飞锡到，恐惊莺啭画楼前。"这成了后世杭州风雅人士一段佳话。

苏东坡与杭州佛寺的关系更为密切。他与龙井寺的辩才大师是极好的朋友，就像白居易和韬光那样。而且他还有其他好多个佛界朋友。东坡初来杭州，即拜访孤山的惠勤法师。惠勤告诉他，杭州人现在只以欧阳修不曾来过杭州为遗憾了。不言之意是天下的风流人物无一例外都应该到杭州来走走的。至东坡再守杭州，不仅重修智果寺，还将广化寺之泉命名"六一泉"（欧阳修号六一），以表杭人思念之意。而欧阳修虽然终究未曾来杭，却作《有美堂

◎倒塌前的雷峰塔。雷峰塔传说是吴越王钱弘俶为庆祝宠妃黄氏得子而建,昔亦称黄妃塔。雷峰塔1924年倒塌,2002年重建

记》，大为杭州湖山增光。

再说到俗处，杭州文化民间性的一面，也很多涉及寺庙、和尚、香客。以杭州西湖为场景的民间故事里，传播最广，最是家喻户晓的《白蛇传》，就是讲和尚坏话的。至少鲁迅是这么认为，说老百姓都怪那个法海和尚太多事。（《论雷峰塔的倒掉》）白娘子最终中了法海和尚的计，被收进一只钵里，镇到雷峰塔下永世不得出头。这个故事的结局很令人伤感。

幸好，那作恶的法海，不是杭州的和尚。杭州的本地和尚，譬如济公，也很多事，但那是很仗义的。这位"鞋

◎ "雷峰夕照"为西湖十景之一

◎杭州天竺三寺之上天竺。乾隆曾命名上、中、下三竺为"法喜寺""法净寺""法镜寺",并亲题寺额

儿破,帽儿破,袈裟破,扇子破"的杭州和尚,对自身荣辱满不在乎,却爱管闲事,路见不平,拔"扇"相助。济公故事在旧时杭州流传甚广,家喻户晓,很对平民百姓的口味。杭人每遇强势压迫,常自称"杭铁头"的习性,与这济公故事大有关系。在老杭州百姓心目中他却是位英雄,深得人心,民国十三年杭人还为他重修了济公塔。

离净慈寺不远,雷峰塔的脚下,原有一所幽雅的古庵,在南宋时曾名"翠芳园",贾似道当政之时众朝臣常在这里歌舞狎妓,寻欢作乐。元人一来,此园日渐衰败,明末改名白云庵。乾隆南巡至西湖，御笔题"漪园"二字赐名。就是这地方，每逢春秋佳日，尤其月光朦胧的夜半，总有几对情意绵绵的男女徘徊于这古庵的内外。杭人都俗称此庵为"月下老人祠"，都知道这是个少男少女定情私语之地。却不知，这么个地方偏僻，又多少有点偏门的小庙，竟做了辛亥革命前浙江革命党人的秘密总机关！那时浙江的一带仁人志士，都在这里集合，密谋造反灭清之革命大业。女侠秋瑾、青年陈其美（英士）、戴季陶、陶焕卿等等，都曾在夜间驾小船从西湖上来到白云庵，参加一次次的秘密会议。这里聚集的革命党人秘密集会，最多时竟有

◎杭州天竺三寺之中天竺

七八十人。当时的白云庵住持得山和尚及其徒弟意周，都是同盟会成员，成为浙江革命党的重要骨干。据意周和尚后来披露，宣统二年，亦即辛亥革命的前一年，九月里一个深夜，孙中山本人也曾由距此不远的大刘庄乘西湖小船悄悄来和陈其美等人会面。后来，革命成功后，民国元年（1912），孙中山再次来到白云庵，追忆当年故人、往事，为此庵题下"明禅达义"的匾额。

陈其美是昔时来往最多，与白云庵关系最密切的一个，还曾在庵中避过难。1913年"二次革命"讨袁兵败后，陈其美交卸了沪军都督，也曾重游故地，不胜感慨，邀宴在

◎杭州天竺三寺之下天竺

杭同志重聚、留影。

"明禅达义",出家人所能得到的奖誉,莫过于此。

最后还不能不说,由于从前并没有政府的文物管理机构,众寺庙(包括道院和清真寺等等),对于开发和保护杭州的风景、文物起了不可估量的作用。不要以为山水间什么都是现成的,自然而然的。只因自古以来的和尚们种树、引泉、放生鱼虾,才有了今日的参天古木、清澈山泉、鸟语花香……大自然的天工神斧也有许多做不了的事情,和尚们给做了。

城与湖

天赐西湖

郁达夫说杭州第一蚊子多,第二和尚多。这两多,都与西湖有关。因为有个西湖,风景美好,把和尚招引来了;也因为有个西湖,杭州空气湿度大,树和草都长得茂密,蚊子也很惬意。

西湖成全了杭州的许多许多。

据说秦始皇时的中国还没有杭州,那时这地方是个海湾,初民聚居于临海诸山,也就是今日绵亘在西湖之南北和西面的,被叫作南山、西山和北山的那些山上。那时的杭州湾就从吴山、宝石山的山脚下算起。后来海退人进,步步为营,逐渐便有了田园和城市。蒙苍天眷顾,海不是平平坦坦地退去,而是让钱塘江泻下的泥沙壅塞于海湾口，在群山和海涂之间留下了一个潟湖。湖在城西，故称西湖。

我们无法想象缺了西湖的杭州会是什么样子。中国另有许多城市的城区或城郊带有湖泊，但没有一个像杭州这样，城与湖的关系如此唇齿相依。没有莫愁湖的南京，问题不大。缺了大明湖的济南也还是济南。而若没有西湖，杭州算什么呢？杭州就必定不是我们现在知道的这回事了。杭城的重心就没有理由摆在现在的位置，而更可能是摆到钱塘江边，亦即今日之江干区，从南星桥到九堡那一带地方，乃至跨过江去，在萧山的西兴一带也有些分布，像武汉那样夹江而市。这也并非笔者臆断，事实上宋室南渡后，在杭州建造的都城，其格局就有点接近这个味道。当年的南宋皇宫建在万松岭、凤凰山一带，离钱塘江岸近在咫尺。若无西湖教这一朝耽乐湖山的快活皇帝心迷神醉，难舍难弃，他们理当守着钱塘江做文章的，那样的话，今日的南星桥一带恐怕就是杭州的市中心了。那也很有道理，全长600多公里的钱塘江，浙省第一大水系，这样的大江大河无论摆在哪里，都是被人类首先用来安顿城市的。（顺便说说，当今的杭州市政府已经开始那样做了，欲将钱塘江的江滨地带建设为未来杭州的城市重心。）

但老杭州似乎是个例外。

事实上，也不光是南宋朝廷被西湖牵住。在南宋之前和之后，从来坐镇杭州的统治者，都是做西湖文章比做钱塘江文章做得多，做得大。无论哪朝，在官方眼里，西湖比钱塘江重要。我们数得出来，历史上，稍微有点像样地整治钱塘江有过几回，却数不清西湖究竟被整治过多少回。这个面积才五平方公里多一点的小小湖泊，牵挂住偌大一个在南宋时人口已达百万的杭州，简直是个神话！如果我断言西湖是全世界所有湖泊中得到人类呵护最多的一个，应该没有人反驳我吧？

虽是天赐西湖，但在西湖给杭人付出无穷回报之前，杭人先是为它投入了很多很多。

人为西湖

◎白堤原名"白沙堤"，横亘湖上，把西湖划分为外湖和里湖，并将孤山和北山连接在一起

西湖的治理始于唐代。诗人白居易在穆宗朝长庆二年（822）被派来当杭州刺史，在他的治下开始筑堤，自钱塘门

外石函桥迤北至武林门,以期隔绝那时还浸泡着今日杭城大部分城垣的江水。那条才是真正的"白堤",堤以西为上湖(即西湖),以东为下湖。蓄上湖之水渐次达下湖以灌溉农田,杭人利好。后世广传白居易所筑之堤即为今日之白堤(又名白沙堤),是误会了,其实白沙堤在白居易守杭前已经有了,白居易本人的诗句即可为证:"万株松树青山上,十里沙堤明月中。"

五代时,吴越王钱氏配置"撩湖兵士"千人,日夜开浚西湖,又引湖水入城。吴越国第一代君主武肃王钱镠

◎钱王祠功德坊,功德坊是西湖十八景之一,位于清波门外。钱王祠,始建于北宋熙宁十年(1077),原名"表忠观",为杭州郡守赵抃为表彰吴越国武肃王钱镠的功绩所建。900多年来历经沧桑,清代后称钱王祠。"文革"中被毁

◎柳浪闻莺,西湖十景之一,位于西湖东南岸清波门处

(852—932),于天下大乱之时控制了以杭州为中心的杭嘉湖、绍兴等两浙15州,奉保境安民之旨,令吴越之地不被兵甲。筑海塘,修水利,兴教育,劝农桑,促贸易,对杭州及两浙地区的经济和社会发展作出无与伦比的贡献,因此后人在涌金门外柳浪闻莺处立钱王祠,表彰他的功德。历代钱王治杭98年,不仅疏浚西湖,还建雷峰、保俶、六和三塔,使湖山增色。这是西湖建设的第一个黄金时代。

至宋初,西湖又渐渐淤塞。哲宗元祐四年(1089)苏轼知杭州,上书朝廷言西湖有不可废之理由五条,朝议从之,于是筑苏堤,南北长十里,从栖霞岭下接通西湖对面的南屏山，便捷了越湖交通。此外，湖中种菱取息，以备修湖之费。那以后，西湖大展，开始名扬海内。

南宋君臣虽有偏安恶名，那147年（1129—1276）的太平，却在客观上成全了西湖山川文物得以增润、发扬的第二个黄金时代。游湖在南宋成为时尚，湖中大小游船有几百艘之多，大者长二十丈，可乘百人，小者数丈，二三十人得容。那些游船都打造得奇巧，雕栏画栋，龙头凤尾。富贵人家，多自造采莲船。宰相贾似道府上甚至还造出一种"车船"，不用撑划，只以脚踏水轮而行。那时歌管之声，不绝于西湖之上。旧时杭谚称西湖"销金锅儿"，

◎苏堤春晓，西湖十景之一，苏堤是苏轼担任杭州知州期间疏浚西湖留下的成果，名扬千古

◎西湖上，一叶扁舟，正待游人

◎花港观鱼，由花、港、鱼为特色的风景点，西湖十景之一，地处苏堤南段西侧

◎西湖留影

便是始自南宋。

但是到了元代,湖流渐涸,苏堤以西高处被垦田,堤东则成为沼泽。明武宗正德三年(1508),郡守杨孟瑛请命朝廷恢复西湖,用银二万三千两,毁田荡三千四百余亩,让西湖复现唐宋之旧观。

清代康乾两朝国家兴旺,西湖也再度迎来它的第三个黄金时期。康熙下江南,谆谆教导筑堤蓄水,开湖溉田。自雍正二年(1724)起,四年中用了四万两银浚湖。西湖水利,自白居易以后,经五代吴越王维持,两百年而得苏东坡,又四百年而得杨孟瑛,再两百年复有雍正朝之修治,始得延续至今,利于杭城杭民。

天赐西湖,但千百年来人的努力更可歌可泣。杭州终于驯服了西湖,人类的城市终究把自然的山水纳入了自己的轨迹。起先是要解决水患,生存安全第一。然后是图水利、饮水、灌溉、交通、物产等好处都尽量要得着。最终,这些在前人是图功利的浚湖治水,成就了西湖风景、文物，让今日我们受惠的主要就是这点。譬如，西湖上的两条堤，白堤和苏堤，前人筑来是为通行，连接城区和孤山之东西、南屏山与栖霞岭之南北，过湖方便。但终究，让后人当作伸向湖中去观景的栈桥一般，等于是增加了可供人们游览、坐歇的西湖湖岸线的总长度。在花园里特地做几条曲曲弯弯的小径，好让你多多盘桓盘桓，也是这个意思。就这样，当蓄水池用的西湖，最终成了园林的西湖，给人们赏玩的西湖。

水之利

宋时杭人有谚语云："东门菜，西门水，南门柴，北门米。"说的是城东农民种菜，自然形成菜市；城南是群山、丘陵，遂有柴市；城北有大运河，连接杭嘉湖平原产粮区，码头卸货的地方就是米市。杭城有地名菜市桥、柴木巷、米市巷，至今还在。和那几样生活必需品摆在一起说的"西门水"（即西湖），便不只是当风景看的，也被当作城内各项水利的依凭。

杭州这座城市非常幸运，"南江北河"（即钱塘江和京杭大运河）的地理配置，简直像是上天存心帮忙，实在难得。再加上一个紧傍市区、唾手可得的西湖，各种水利之便，在杭州真是样样周全。

饮水是头条民生大计，故而世上所有城市都必定傍水而建。但钱塘江因受海潮上溯的影响，杭州段的江水时常咸苦，不堪饮用。而大运河及市内诸城河，又因河水缺乏流动，水质很差，细菌很多，也不是理想的饮用水源。在还没有自来水厂这类现代供求设施之前，杭人只能依赖打井汲水。还在白居易之前的李泌，唐建中至兴元间（781—784）做杭州刺史，开六口大井于城内，即相国井、西井、方井（即四眼井）、白龟池、小方井、金牛井，组成饮水系统，并引西湖水入井，使"民足于水，井邑日富"，杭人不再为江海咸水所困。那以后，杭州人靠打井汲水过了一千多年。照理，一个在南宋时人口已逾百万的城市，如此解决饮水，地下水资源是个问题。好在西湖近在咫尺，湖水从地下大量渗入城内，打井便很容易，只三五米便出水。据1930年的一项调查报告，全市那时共有水井4842口，平均每20户人家就有一口饮用水井。

杭州不仅像一般城市那样依傍着一条大河，开埠于钱塘江下游的北岸，而且又是京杭大运河的终点。在陆路交通极不发达的古代，这种"南江北河"的地理格局成全了杭州的诸多兴旺，使它跻身中国历史上七大古都成为可能。在有大马路和汽车之前，市区八成是靠城区内河的船运加人力挑负。老杭州城内河道纵横,桥梁众多,航运畅达。那时的杭州是个南北向的狭长的城市,尤以中东河为杭城交通带来便利最多。它南起闸口小桥的船坝处与钱塘江接通,北达大运河入城段上塘河,相交于今艮山港处,纵贯市区南北,在相当长的历史时期中成为杭城交通命脉,来自京杭运河或来自钱塘江的货物,均可通过中河、东河直达杭城南北方位上的任何一点,卸于中东河沿河某处近便的码头,由码头挑夫挑运一段不太长的路程,即可送货至货主手中。迟至抗战以前,杭城中东河的"挑埠"业还相当兴旺,从业者上千,当时有"二十桥埠"之称。在这方面,西湖起的作用只算配角,但也被引流于杭城,加入了旧时令杭人受益无穷的城河体系。

这类引湖水入城,主要是为市民生活便利而开凿的城河,以浣纱溪最得杭人珍重、游人赞誉。自涌金桥下引入西湖水,流往市区内,即成浣纱溪。原是东西走向,至闹市口忽转折为南北向,直至旧时"旗营"(即清军驻防营)东北端的众安桥,两岸柳树成荫,风光宜人。溪上共有11座桥,如泗水芳桥、井亭桥、平海桥、板桥、学士桥、长生桥、龙翔桥、延龄桥等等。老百姓每日的洗涤用水虽然不算大事,却也或缺不得。在浣纱溪的两岸,女人们蹲在溪边洗衣、淘米,互相说笑,嚼东嚼西,飞短流长,莘莘素素，嘻嘻闹闹，也曾是杭城百姓生活的一道风景。林语堂1933年在《春日游杭记》中写道：

> 车过浣纱路，看见一条小河，有妇人跪在河旁在浣衣，并不是浣纱。因此，想起西施，并了悟她所以成名，因为她是浣纱，尤其因为她跪在河旁浣纱时所必取的姿势。

湖文化

西湖水利，还为杭州的物产增色。自北宋起西湖水面就已种植菱藕，至后世，西湖的红菱和藕粉，已成为地方名特产。在西湖边随处可见的茶楼，品茗之余吃一碗当点心的西湖藕粉，是旧时游人的一大爱好。藕还有另外吃法，就是你现在在杭州各餐馆均可见到的那种往藕孔里灌了糯米，蒸熟了再切成片的吃法，在从前的杭州就很常见。

还有西湖的鱼虾，成全了好多样杭州名菜，西湖醋鱼即是一道。讲究起来，那草鱼（杭人念"混鱼"）也是以西湖里现捕现烹的为佳。西湖鱼骨软肉松，被视为上品。《武林旧事》称，宋五嫂做的鱼羹，曾经得到皇上的赞赏，所以生意很好，让这女人成了富婆。

　　清末以来老杭州最出名的餐馆是孤山下的楼外楼，它就是以西湖之鲜活鱼虾现捕现烹为"卖点"招徕顾客的。1930年代一位上海记者描述过他在楼外楼吃饭，堂倌如何当着他的面拿一尾活鱼，活生生地往地上摔死再拿回厨房去做。作者抱怨说这"恶趣"太过分了，让他有点受不了。但好像多数吃客都乐意观看这种显示鱼虾鲜活的表演，不然不好解释楼外楼的生意为什么那样火红。

　　还有西湖特产的莼菜汤、拿龙井茶做配料的龙井虾仁，都是杭菜的名品，至今依然。总之，西湖不仅是风景，也是杭人生活诸事的便利，不可或缺。

　　吃喝之外，还有玩耍，杭人的生活方式、消费心理、娱乐趣味等等，也颇受西湖文化影响。虽然自己并不一定有钱有闲，却因见识了那么多阔绰、斯文的西湖游客，或古典或摩登的种种派头、谈吐，杭人必也有所模仿。喝茶有哪些讲究，字画是什么人好，都因西湖文化而来。市民中稍能识文断字者，其文化素养主要就是由西湖佳话及游客表现的古趣、时尚构成。整个民国时代，南京是首都，上海是花花世界，都曾对杭州的市民文化产生刻骨铭心的影响。那时的许多黄包车夫，都知道"奥斯丁"轿车比"雪佛莱"怎样怎样。而之所以能把南京、上海的时尚迅速传播过来,只因有个西湖。

更不用说,若无西湖,那样一个杭州便断断没道理招引历代文人雅士纷至沓来,作文赋诗,感慨万千。白居易做了三年杭州刺史,是最早让杭州扬名的文人,《西湖志》一书所收诗词以白诗为最先。卸任离杭后,白居易伤感地写道:"自别钱塘山水后,不多饮酒懒吟诗。"

两百五十年后,苏东坡两度通判杭州,先后累计五年。东坡的一首西湖诗非常出名,用今天的话说,几乎就是西湖的广告语首选了:

> 水光潋滟晴方好,
> 山色空蒙雨亦奇。
> 若把西湖比西子,
> 淡妆浓抹总相宜。

苏轼卸任还乡后忆及杭州,也说得那么动情:"居杭积五岁,自意本杭人。故山归无家,欲卜西湖邻。"

西湖还给杭州的平民文化带来无穷无尽的影响。事关西湖或以西湖做场景的民间故事,现在能搜集到的就有几十则之多,曾被编成一本蛮厚的书出版。老杭州的"杭滩"、说书之类民间戏剧艺文,也常拿西湖来做文章。

在杭州话的各种习语里，西湖的影子忽隐忽现。你和他讲澳门地方怎么小，他就问："有几个西湖大？"做亏了生意，香港人讲"跳楼"，杭州人则说"跳西湖"。这话若用来骂人，咒人寻死，就拐个弯儿说："西湖没有盖子"，意思是你自便吧。

若非西湖山水风光迷人，和尚不来，文人不游，杭州便不会有那么多古迹依附。而世世代代杭州人中的好人一群，也不知是该靠什么行当谋生了。

西湖入城

西湖的三潭印月小瀛洲上，有一副对联说杭城与西湖，

◎三潭印月，西湖十景之一，包括小瀛洲及其南侧湖面三座状石塔，以赏月和水上园林著称，被誉为"西湖第一胜景"

◎三潭印月是西湖中最大的岛屿，风景秀丽，景色清幽，尤三潭印明月的景观享誉中外

◎小瀛洲上有一副对联说杭城与西湖，上联"四面荷花三面柳"，下联"一城山色半城湖"

上联"四面荷花三面柳"比较俗气,而下联的"一城山色半城湖",则堪称概括杭城的妙句。

教育家夏丏尊讲起过他在1920年代末自上虞白马湖来杭州,因钱塘江上露出大沙滩而需两次摆渡的事。他从上虞曹娥江到萧山西兴的一路上,听到人们如此议论:世界两样了,西湖搬进了城里,钱塘江有两条了……

所谓"西湖搬进了城里",当指辛亥革命后,1913年"旗营"归公,7月开始拆除自钱塘门至涌金门一段隔开杭城和西湖的城墙,建马路,辟公园,遂使西湖"入城"。

于是,1910年代的杭州人有了一句新谚语:"大变情形,西湖入城。"

辛亥革命后的杭州的确是大变情形。想当年清兵入关,顺治二年(1645)占领杭州。三年后,清廷决定在杭州驻旗营,围城九里,筑墙高约六米,有城门五座。所占之地,在杭城西部,即西湖的湖滨地带,南自涌金门起,北至钱塘门止。旗营的最高长官名镇浙将军。将军署在延龄门内大街之西,墙外即为西湖。驻防营城最北端在性存路,即南宋时岳飞赐第之所在。由此向东折,一直到众安桥,经过开元宫,即南宋宁宗皇帝的潜邸。再向南,经长生桥和学士桥,又把南宋另一名将韩世忠的赐第带进。旗营的北门是延龄门,门里有延龄桥,桥旁原是梅青书院,

◎西泠印社，位于西湖孤山南麓，有"湖山最胜"之誉

乃宋人林和靖去孤山隐居前的故居。再向南为龙翔宫原址，这又是南宋之理宗皇帝的潜邸，边上还挨着宰相贾似道的官邸。在其东边有宝康巷，系女词人朱淑贞的故居。东门名迎紫门，营墙下便是浣纱溪。总之，这"旗营"是将杭城的精华，连湖山风景带前朝文物掌故统统圈了进去。杭州人对满清统治者这项很霸道的安排，极度不满，或多或少成为杭人长期抵触满人的一个原因，促成了后来杭城精英经孙中山振臂一呼旋即响应的革命热情。

往昔，由于旗营的阻隔，杭人游湖须穿过旗营西出城门，令人不胜忧烦。尤其是当清末，南方革命党人"驱除鞑虏，恢复中华"之呼声渐渐传开，满汉关系复又紧张，

◎西泠印社小龙泓洞

◎西泠桥,与长桥、断桥并称为西湖三大情人桥

在杭旗人和本地人民彼此心里都很别扭。统治者加强了对地方的控制,一有风吹草动,汉人出入城门便遭搜查。而且除每年旧历六月十八观音诞辰的前夜,这仅有的一次例外,平时每晚城门关闭,杭人夜间不得进出。而白日里过旗营也常常不是那么顺当、坦然的,受点旗人的欺负、作弄是家常便饭。年轻妇女即使乘坐轿子过旗营,也屡遭旗人掀帘调戏。游湖本是玩耍,这么一来,游兴大挫,山水失色,令杭人常发"隔墙望湖"之慨。

杭州老城沿西湖有三座城门,自北而南依次是钱塘门、涌金门和清波门。清波门虽在旗营之外,但那里是押犯人去杀头的地方,坟茔很多,感觉上鬼哭狼嚎,杭人以

◎钱塘门

◎清波门

为很不吉利。而北边的钱塘门，又正是"旗下"要害，将军署即在那附近，旗人管制很严，一般汉人怕惹事，尽量避开。所以只有涌金门，是人们出城游湖的出口通道。从那里的水亭租了船，先往南屏净慈那边去，再登三潭印月、湖心亭，到孤山的康熙行宫（即今中山公园）那里上岸，游西泠印社、蒋公祠、俞楼等，到楼外楼或两宜楼吃中饭，下午再去岳庙、凤林寺，从西泠桥下过船至里湖，由冯小青墓前登岸，到放鹤亭谒过林和靖墓，绕出平湖秋月，顺道看看苏白二公祠，再上船乘到断桥，入昭庆寺观瞻一番，最后在水闸处登船沿湖岸南行，返回涌金门外水亭原址。1930年代被归为鸳鸯蝴蝶派作家的天虚我生是地道的杭州人，曾大致勾画出这样一幅清光绪年间杭人游湖

的"一日游线路图"。(参见《涌金门外谈旧》)

拆除了旗营及城墙后人们游西湖就不必是这样一种局促的走法了,事实上人们后来反倒不常走涌金门,因为西湖边已经辟为湖滨路,自南而北依次摆开六个湖滨公园,都设有租船下湖的码头。本来西湖的一大好处就在于它的近便,等于是摆在杭州人的家门口,朝朝暮暮,途经湖滨,随意瞟上一眼就是。对于许多杭州人来说,西湖并不是特地跑去玩的地方,而是家门口的一道风景,好比自家院子里种着的花或树。

◎湖心亭,中国四大名亭之一,位于西湖中央,与三潭印月、阮公墩合成湖中三岛,是三岛中最早的岛

◎平湖秋月，西湖十景之一。南宋时，被列为西湖十景第三，元代又称为"西湖夜月"而列入钱塘十景

◎湖滨码头

山水精气

"湖光山色"这种套话,通常很恶俗。但若说到西湖,这四个字便不再空泛。昔人游湖,有"晴湖不如雨湖,雨湖不如月湖,月湖不如雪湖"之说——这便是在说"湖光"了。这样四种"湖光"下的西湖,各有风采,而终以"雪湖"最是入画。

艳阳下的西湖,尤其春天桃花怒放或夏日荷花盛开之际,湖上湖岸满目艳丽,各处景色都饱满、浓郁,一片片的嫣红碧绿。那时的西湖,鲜亮,明媚,呈现出它真实的面目,是苏东坡所谓"浓妆"的姿色。但你或许会觉得这

◎ "湖光"下的西湖,各有风采,而终以"雪湖"最是入画

◎保俶塔，位于杭州西湖北缘宝石山巅，素有"雷峰似老衲，保俶如美人"之说

"浓妆"过于丰腴，光与色都流泻得过多，一切都那么透彻，少了一点含蓄。大自然并不知道什么是含蓄，它就是那个样子的。西湖山水本来就是那样浓艳的。

下点雨，小小的一点毛毛雨，西湖便有些"淡抹"了。天色苍白，把湖光山色都收敛了几分，好比衣裳的布料经过砂洗处理。有些雨雾水汽的遮掩，远处景物看不太清楚，反倒更有看头。

红学家俞平伯1920年代在杭州住了好多年，而且就是住在西湖边上。他对西湖"湖光"的观察是很入微了：

> 阴阳晴雨的异态在某一瞬间弥漫地动，在某一点上断续地变；因此湖上所具诸形相的光辉黯淡，明画朦胧，也是一息一息在全心目中跳荡无休。（《湖楼小撷》）

西湖夜游也是一大雅事。索性什么都看不清了，只靠一点月光映出朦朦胧胧的山影，你就开始用心去看了。保俶塔和雷峰塔的幢幢黑影，令你遐想连连。把它俩看成一个美女一个老衲，这种时候才更有道理。至于西湖本身，你就不用看了，坐在船边，听着那一记记拍打的水声，什么感觉都有了。

一定要用眼睛去看的话，那当然，最受看的湖景还是在雪后。这不仅因为"雪湖"难得——杭州的冬天很少下大雪且下得长久好让雪积下，实在是"雪湖"更合乎我们中国人的文化传统和审美习性。我们中国人其实并不怎么欣赏十分逼真的风景，并不耐烦一味自然的天光水色。中

◎由孤山远眺保俶塔

国人看风景的眼光，很受看中国画的影响。中国画就是讲究清淡、收敛的。竹子都是那么瘦的，兰叶都是那么细的。好不着色就不着色，几片墨迹就代表了花草树叶。大自然本来不是那样素净，西湖群山春夏时的浓绿，绿得你两眼发酸，骨子里都叽叽地出泪。但除了中国农村的年画，在19世纪印象派绘画问世之前，全世界都没见过什么画儿用了那么浓艳的绿色。而雪后的西湖，正好迎合了我们欲将自然归纳入艺术的天性。刚下了雪，天还有些阴郁，受到灰绿色的天光水色的压抑，西湖诸山的轮廓仿佛收束得更紧，却又让你更觉淡泊，山水清瘦、爽洁，在那么耀眼的白雪的映衬下，一切别的色彩都开始转暗，树林转成墨绿，房屋变得铁灰。大块的色彩只剩下不多的几种，湖水一片，堤岸一抹。繁多的颜色被滤掉，反觉更入画——索性就是画儿了。

　　国人已经把西湖玩了一千年。这一千年来，人们写过许多诗歌、文章来说西湖，说他们游玩西湖的感受，说西湖应该怎样游如何玩等等。毫不夸张地说，已经是有一个可以叫作"游湖文化"的东西现成在这里了。总括起来，这"游湖文化"已将世人游玩西湖的兴趣爱好的雅俗分成了几个等级。照那意思，上边说的游"晴湖"就是档次最低的品位。好比赏花，俗者观荷，雅者赏梅，大雅品菊。

◎断桥,相传白娘子与许仙就是在这座桥上相遇

◎断桥残雪,西湖十景之一

◎曲院风荷,西湖十景之一。南宋时这里有一官家酒坊,附近湖中种有菱荷,每当夏日风起,酒香荷香沁人心脾,因而得名

◎保俶山

◎孤山

◎孤山雪霁

◎九溪十八涧

然而品位最高的，显得你很脱俗、很在行、很有眼光的，却还不止于对"雪湖"的赏识。因而前人又有"游湖不如游山"、"湖光逊于山色"之说。山才是西湖山水的精气所在、灵秀之源。

西湖周边的山，好在都不高，碰顶两三百米，徒步走上去也不让人觉得劳累。在数不清有多少个小岭小坡的朝向西湖的山上，你都可以对西湖作鸟瞰。

山的游趣更多，毕竟西湖诸山比西湖本身更富变化，也更迎合中国艺术的精神气质。中国的山水画，不欣赏平坦的自然，喜欢江河都有小溪般的湍激，乃至有瀑布跌

◎中山公园，位于孤山中部，是利用清行宫御花园一部分改建而成。1927年为纪念孙中山先生，改称中山公园

◎竹素园位于岳庙西南,邻曲院风荷公园,匾额"竹素园"为乾隆御题,园中的湖山景色被列为清代西湖十八景之首

落,而山都是奇险峻拔,且有古木参天,怪石嶙峋的。西湖山水合乎这个传统的中国艺术理想。有了保俶塔,那山在视觉上就有点陡峭起来。而古木、怪石、溪涧若瀑种种,这类微观景象在西湖诸山的灵隐、韬光、天竺、龙井、吴山、玉皇、虎跑、烟霞三洞直至九溪十八涧、云栖等等,随处可见。

在这些地方,你就感觉是走进了宋人马远(他就是杭州人)或者元人王蒙的一幅画儿的某个局部。

文章褒贬

但似乎,游西湖游到这步,还是不够档次。一般文人或有点文化趣味的人士不妨以此为止境,而大师、名家却不可以去凑这份热闹,贻笑大方。

那也无大碍。中国的艺术理论中有个再高明不过的说法:大雅近俗。

所以郁达夫写杭州写了那么多文章,却偏是不写西湖北山、西山的那些热点,孤山啦,玉泉啦,灵隐啦,写的尽是南山一带比较冷僻一点的玉皇山、满觉陇、九溪十八涧之类,甚至杭州郊外的西溪、郊县余杭的超山、他的家乡(也是杭州郊县)富阳的东山坞……

他这类人,即使赏梅,也不肯简简单单往孤山去赏,也要老远跑到灵峰去赏,跑到西溪去赏,甚至跑到超山去赏。梅花也真是让他们赏得透彻:何地梅花早开,何处有唐梅几树、宋梅几株……

在那些近乎凡俗的地方,你也找得到中国艺术趣味的依据,你又仿佛是走进了元人黄公望所画开阔、坦然的富春山水,或者明人戴进的《渔人图卷》。

至于周作人、俞平伯他们写的杭州,尽是花牌楼、清河坊、官巷口之类闹市,虽然离西湖、游湖远了,却也归得入中国画儿里，譬如《清明上河图》。

还有一类文人，专爱挑西湖的刺儿，似乎对杭州和西湖有点别扭。

鲁迅很熟悉杭州，但他就是不肯写这类文章。很少几次在文章提到杭州和西湖，他都颇带贬斥。唯有一回，雷峰塔倒了，鲁迅破例，连写两篇讲西湖的文章，《论雷峰塔的倒掉》和《再论雷峰塔的倒掉》，却都是借题发挥甚至幸灾乐祸。

徐志摩写过一篇《丑西湖》，真正是跟我们大家唱反调了。文章里，他甚至说夏日的西湖是"一锅腥臊的热汤"，水很臭，原因是湖里养着很多鱼。现在的西湖也养着很多鱼，我们却没有闻到那种在当年能把徐志摩熏得"发眩作呕"的腥臭。或许是从前的鱼腥味更重？

不过徐志摩在这篇文章的后边，却又是和当时的许多对西湖自1920年代初出现种种"新事物"有抵触的人，唱的是同一个调儿了：

> 西湖的俗化真是一日千里，我每回去总添一度伤心：雷峰也羞跑了，断桥折成了汽车桥，哈得在湖心里造房子，某家大少爷的汽油船在三尺的柔波里兴风作浪，工厂的烟替代了出岫

的霞,大世界以及什么舞台的锣鼓充当了湖上的啼莺。……连楼外楼都变了面目!地址不曾移动,但翻造了三层楼带屋顶的洋式门面,新漆亮光光的刺眼,在湖中就望见楼上电扇的疾转。

他说的这些倒都是事实。辛亥革命后杭州开始了一轮城市"现代化"的建设,许多变化波及西湖。断桥重造,的确是被摆平了许多,好让刚刚兴起的公共汽车开得上去。在延龄路上新开了"大世界"娱乐城,唱戏文,放电影,也真是把杭城吵成一片喧闹。

也就是说,1920年代的杭州,城与湖的和谐开始有了裂隙,人与自然谁迁就谁的问题开始出现两难。

这是一个所有国家、城市在其现代化进程中都曾碰上的历史性遭遇。有些国家、城市处理得好些,有的则搞得一团糟糕。但诗人徐志摩没有往历史去看,而是做了一回人种学家,把这一团糟糕怪罪于杭州人的"俗气陋相"了。

不幸杭州的人种(我也算是杭州人),也不知怎的,特别的来得俗气来得陋相。不读书人无味,读书人更可厌，单听那一口杭白，甲隔甲隔的，就够人心烦！

远不止徐志摩一个，自民国以来许多作家贬斥、数落过杭州人的"劣根性"，南宋遗风啦，软弱不争啦，胸无大志啦……众言凿凿，致使直至今日国人都以为杭州人就是那样，往好听里说"小家碧玉"，不客气一点就是小家子气的小市民。杭人果真如此？或者还有别的说法没有？

杭州人

城破之时

1924年9月25日这天，杭州人的神经很受刺激。先是受了一点惊吓：孙传芳要打杭州了。

这阵子江浙两省军阀齐燮元和卢永祥为争夺上海打得难分难解。仗是在苏州附近打的，卢永祥的主力都开拔到前线，浙江很空虚了。趁着这个机会，在福建受挤对有点待不下去的孙传芳，索性率兵侵浙，一路直扑杭州。卢永祥前脚逃了，孙传芳后脚跟进，已经过了钱塘江来，打进杭州几乎是两三个时辰的事情。有谣传说，这帮大兵离开福建时很狼狈，穿草鞋，戴斗笠，破衣烂衫，形同土匪。杭州城里大户人家无不忐忑不安。许多人逃往上海，更多人携带家眷躲藏起来，以避乱兵凶锋。

杭州人记得起来的上一场兵祸,是咸丰十年(1860)和十一年(1861),太平天国忠王李秀成率部两度攻破杭州。前一遭,李秀成这路太平军为解救清军"江南大营"对南京的包围而袭杭,破清波门入城,却对旗营久攻不下。当时的驻防将军瑞昌凭旗营而守,有望得到江南大营统帅张玉良派兵援救,因而拼死抵抗。仗打得很惨烈,那七日,杭州城里一片狼藉。军民战死或被屠杀的统计数字,自六七万而至十二万各有说法。一天死一万人,放在现代战争里也够残酷了。

更大的浩劫还在后头。第二年(1861),江南大营既破,李秀成索性要拿下杭州,自旧历八月起倾其全力围攻,麾下蔡元隆部由嘉兴进攻海宁,陈炳文部自苏州长驱直下杭州城西的三墩,加上原先已在余杭、富阳出没的几路太平军自西自南多面夹攻,杭城情势岌岌可危。清军仍作无谓抵抗,终因粮尽而溃,十一月城破营毁。巡抚王有龄自杀,都统瑞昌自焚,副将杰纯战死……战事惨烈,双方士兵杀戮无数。更要命的却是,那两个多月的围城,把杭州人饿惨了。

这多少也怪杭州人自己不好。中国人的历史经验中最沉痛也是最要紧的一条是防范饥荒。杭州人却不太有这个意识。杭州从不缺粮,出城外几十里范围内随便哪里都是粮仓。修大运河把杭州做终点,就是为着给在北京的皇上送大米去。所以杭州人在咸丰十一年吃了大亏,可谓一场极富杭州特色的兵祸。此次围城之初,有钱人只知囤积金银和其他贵重物品,却忽略了顶顶性命攸关的粮食。不是弄不到粮食,而是城区让太平军围得铁桶一般,"红顶商人"胡雪岩奉命运粮,但他的船队被太平军挡在钱塘江上进不来凤山门水城。这场灾难说明那时的杭州连三个月的粮食储备都不曾安排,而杭城的富裕人家倒是存了许多山珍海味。一本名为《杭州兵祸》的老书描述了当时的情景,全城断粮,人们只好有啥吃啥。

> 初则鱼翅、海参、熟地、米仁、枣栗、柿饼之类,以当餐饭,继则糠秕、野菜及各种树皮、杂草亦食之。芭蕉叶每斤五十钱……

于是不足为奇,此类情景赫然街头:"饿夫行道上,每扑于地,气犹未绝,而两股肉已为人割去。"因于饥饿和破城后接踵而来的寒冬,据说杭城居民死了不下一半。还有朝廷命官、旗营的大小将军、协统、八旗兵及家眷,所有平时一切谈"长毛"色变者,服毒的服毒,上吊的上吊,跳井的跳井,投河的投河,还有纵火自焚者,一家老小连带房屋都化作灰烬……三年后,左宗棠率官军卷土重来,在杭州城内同太平军激战半年,把杭州打得一片狼藉,全城81万人口只剩下了7万!

总之,当年杭州人的集体记忆里,近代以来最大的兵祸就是所谓的"长毛"这桩。甚至到了我小时候,还常听邻居家大人每当要止住孩子的哭闹,就吓唬说"长毛"要来了!

幸运一再惠顾

杭州有个西湖,习习湖风把杭州人吹得昏昏然的心柔气虚。在国人眼里,尤其是北方人看来,杭州人少刚性,太柔弱。文人们写文章说杭州,常常是先把西湖赞叹一番,然后就开始挑剔杭人,重则斥责,轻则揶揄。说来说去,就是杭州这地方那么好,却让品种那么差劲的杭人占着。他们安于现状,不思进取,自斟自酌,得乐且乐,就像他们的南宋祖先。

这种看法好像有点道理,20世纪二三十年代的杭州人的确是在过着一种自得其乐的生活。那时中国战乱不断,几乎是天天都有什么地方在打仗,许多城市都受到过严重的战争创伤。譬如上海，1937年的淞沪会战从郊外一直打进市区，许多街区被打成一片瓦砾；譬如南京，在被日军占领后遭遇了惨绝人寰的大屠杀；譬如重庆，抗战八年中无数次地经受了日本飞机的狂轰滥炸……和它们一比，杭州要幸运多了，自洪杨乱后便不再有战祸侵扰。辛亥革命虽也闹到杭城，却只是象征性的一场起义，青年蒋介石率"敢死队"攻打浙江巡抚衙门，没死几个人就让满清政权投降了。接下来是全中国都在军阀混战，但这系那系的军阀们都把枪炮避开了杭州，谁也不曾在这里当真打上一仗。整个1920年代和1930年代的多半时候杭州都很太平，尽管看起来各路军队进进出出也很热闹。最后是北伐军开进来，从1927年起为杭州建立起一个稳定的政权。而即使是10年后，当淞沪战败后日军入侵杭州时，国民党军队已经南撤，杭州城里也没有打仗，只在杭州郊外的上空有过一场空战，几架中国飞机打下几架日本飞机。又过了8年，至日本投降，仍是未经一战，侵杭日军便往南郊的宋殿向国民党政府代表韩德勤缴械。到了1949年5月，解放军七兵团开进杭州，国民党军队早已逃离，再度使杭州免于战火。

也就是说，除了日本人并不觉得应该爱惜杭州之外，中国人的无论哪派哪路好像都默认了不该在杭州打仗的道理。

再说又何必打杭州呢？以乱世而论，杭州并不重要。在整个动乱不已的中国近代史上，杭州在中国城市中从未扮演过轰轰烈烈的重大角色。北京、上海、南京都是民国时代的政治大舞台，都不用说了。此外，武汉上演过辛亥革命，广州做了孙中山革命的大本营，南昌有"南昌起义"，西安有"西安事变"，乃至沈阳还闹出个"伪满洲国"，长沙还烧过一把"长沙大火"……

杭州城里却什么大事都不曾发生过。名气顶大的一

◎岳庙精忠园，南宋出过一个岳飞，他就葬在杭州，八百年如一日受杭人祭拜，奉为神明一般，你能说杭州人的"南宋遗风"都是苟且偷安的那种吗？

桩，或许要算是1947年10月因浙大学生领袖于子三被当局暗杀，闹起一场反内战的学潮在全国造成声势，北大、清华及各地学生都纷纷声援浙大。但从更为重大的历史影响力来看，20世纪前半期的"战争与革命"似乎都与杭州无缘。

杭州人习惯了太平。但用"南宋遗风"来解释这一点却是舍近求远，不着边际。再说南宋还出过一个岳飞，他就葬在杭州，八百年如一日受杭人祭拜，奉为神明一般，你能说杭州人的"南宋遗风"都是苟且偷安的那种吗？

还是就近地说，杭州的太平与这个城市的经济、民生关系更大。一则，本地并不出产战争物资，靠打仗发不了财。杭州经济的主打产品，一向是丝绸、茶叶、中药和手工艺品之类，都是世人在太平年月过好日子用得着的；二则，杭州人里有许多是靠西湖吃饭，靠来自五湖四海的游客养活他们。打起仗来，兵荒马乱，火车上尽是难民，谁还有心思来杭州游玩。替杭州人的立身安命着想，他们没有理由喜欢战争。

硬要扯得远些，那就索性再扯到远在南宋之前的吴越国，从那时起杭州人就是可不打仗尽量不打，用嘴巴能谈妥的事情尽量去谈成。北宋大诗人欧阳修就曾拿钱塘（杭州）和金陵（南京）的不同命运作过比较，赞美过和平带给吴越王钱氏治下的杭州的这项千秋福祉：

> 若乃四方之所聚，百货之所交，物盛人众，为一都会，而又能兼有山水之美，以资富贵之娱者，惟金陵、钱塘然。然二邦皆僭窃于乱世，及圣宋受命，海内为一，金陵以后服见诛。今其江山虽在，而颓垣废址，荒烟蔓草，过而览者，莫不为之踌躇而凄怆。独钱塘自五代时，知尊中国，效臣顺，及其亡也，顿首请命，不烦干戈。今其民幸富足安乐，又其俗习工巧，邑屋华丽，盖十余万家。环以湖山，左右映带。而闽商海贾，风帆浪舶，出入于波涛浩渺，烟云杳霭之间，可谓盛矣。（《有美堂记》）

欧阳修这番话就像是算命先生说的一般，九百年来一再应验于这两个城市的历史遭遇。

当年"浙军"

杭州人不情愿打仗。但真要是打起来，也不一定输给人家。谁替孙中山打下南京，为他搞定中华民国第一个大总统府的?

包括杭州在内的全浙江,清末以来仁人志士出了不少,秋瑾、王金发、陈英士都是。还有青年蒋介石,至少在辛亥时期可算是革命马前卒的。前文说过杭州西湖的白云庵,曾是浙江革命党人的秘密总机关。那时杭州的反清革命势力跃跃欲试,许多事情上已经是忍不住地在和满清当局分庭抗礼了。因此杭州成为最早响应武昌起义的城市之一,一点也不奇怪。在陈英士的策动下,1911年11月5日凌晨,浙江革命党人的多支起义部队迅速控制了杭城的各个要害,而青年蒋介石带领"敢死队"攻打巡抚衙门,几小时后便一举"光复"杭州。

而就在杭州"光复"后的第三天,新成立的浙江都督府便决定出兵南京,扩大革命成果。谁说杭州人一向怕打仗?这回不是被迫的自卫,是主动打到外面去呢!浙江暨杭州的热血男儿,组成了第一代中国革命军队,担当起辛亥革命在华东的主力。四天后,浙军以朱瑞为支队长从杭州出发,一路会合陈英士派出的沪军及苏州、镇江等地革命军残部,约万余人马,组成以浙军为主力的江浙联军。三千浙军,奋勇当先,攻破由张勋统率的六十营精锐清兵固守的江南第一重镇南京,然后在明孝陵和友军一道列队欢迎临时大总统孙中山的莅临……

一年后孙中山重返杭州，在国民党浙江支部的欢迎会上说道："杭州旧同志很多，均能协力同心，达此革命目的。去年攻克南京，尤以浙军之力居多。"

浙军的英勇作为，意义重大。革命党人明白，若光是打下武昌，清廷还不至于甘心退位。南京是更要害的，中国的历史反复证明了这点。南京在历史上遭遇了数不清的战争劫难，也是因为它的重要。

再举一例，让你知道浙军的英勇善战。当然那又是另一种性质的战争。

就是上面说了半截故事，那天让杭州人大受惊吓的那个孙传芳，1924年占得杭州后，眼看着远在京津地区打的第二次直奉战争，张作霖大败吴佩孚，不仅控制了北洋政府和整个华北，还于1925年初占领上海和南京。当时奉军如日中天，但孙传芳不买账。他开始以浙军为核心，联络所有不愿接受东北人统治的江南地方，自称浙、闽、苏、皖、赣五省联军总司令，宣布讨伐奉张，也像当年浙军攻南京那样主动出击，于10月15日起，夜渡太湖，袭占丹阳，轻松拿下上海，接着猛扑南京，又马不停蹄地追击沿津浦铁路仓皇北逃的奉军，并且迎击奉系大英雄张宗昌派来的拥有铁甲战车的援兵，歼灭了被张宗昌视为王牌的亡命徒一般勇猛的五千白俄军，活捉奉系将领施从滨，一直追到徐州，把奉军全都赶回了济南。就这样从杭州打到徐州，席卷上海、南京、合肥、蚌埠、徐州等华东重镇，只不过用了一个月多一点时间！

笔者在通盘浏览过1920年代中国各系大小军阀混战的战况史料之后，得出的总的看法是，他们打的那些仗都打得笨拙、低能，很业余甚至很搞笑。经常是双方胶着于最初的战线，谁也前进不了几步。军人没有能力在战场取胜，最后只得靠政客出来拉拢。唯有孙传芳的这一仗，撇开军阀混战的性质不谈，只说战争艺术、战争的效能，真可令那时的中国军人大跌眼镜。

"闪电战"这个词是1939年在德国发明的。德军的法国战役，从德法边境一气打到英吉利海峡，也是用了个把月时间，差不多也是从杭州到徐州这点距离。但早在1925年的孙传芳浙军却没有坦克，对手又是那么强悍、嚣张的奉军，而且还得渡过长江。你说浙军不厉害么？

在北伐军之前没有人打败过孙传芳。最终打败他的是蒋介石，正宗的浙江人。

乱世英雄

长久以来国人的舆论让杭州人背着一个小家碧玉、胸

◎浙江都督汤寿潜

无大志的名声。但你想过没有,胸有大志又是怎样?自古以来中国人讲的胸有大志的那个"志",不是写文章,不是做生意,说穿了就是打江山坐天下的那一套。我们把野心往好听里说,就叫它"志向"了。

当然,清末至民初天下大乱,的确需要有英雄好汉出来治国平天下。清朝的最后70年,洋人屡屡入侵,清廷则屡战屡败。痛定思痛,所以那时的一批有志男儿,出国留洋多半是学军事。无可置疑,他们的初衷是要推翻腐朽误国的满清统治,解救国家于洋人的枪炮淫威之下。但等到他们大批地从海外学成归来,清廷已经推翻。从1911年到1931年"九一八"事变前整整20年中,并没有洋人来打中国。刚从国外学了一身打仗本领的有志青年们,英雄无用武之地了。或者确切地说,用武之地转辟为内战。

读军阀战争史,我的感觉是那时的一批中国男人,刚从日本、德国学来一点用枪炮而不再是长矛大刀打的战争技能,就急忙想要拿来试试,有事没事地都打上一仗再说。

换言之,天下大乱,需要英雄来救治,所谓"乱世英雄起四方"是也。而反过来，太多的英雄又加剧了天下大乱。小英雄太多，却少了能够一统天下的大英雄，势必就是割据的局面。我们读"三国"，就知道一定是那样。那可真是个英雄辈出的时代。

杭州人处在这样的乱世，真好像有点一筹莫展。杭州的青年也有许多在清末民初出去留洋的，但恐怕多数是学医、学农、学工商而非做军阀打地盘的那套本领。讽刺的是，他们在那乱世也不免有"英雄无用武之地"的遗憾。

民初至1930年代的中国，各地都是军阀当道。但和其他地方的情形有所不同，坐镇杭州主政浙江者，不必都是手头拥有多少军队的军阀，却必须是能够笼络本地工商界乃至联系外国洋行的人物。譬如"光复"后的浙江都督汤寿潜，根本就是一个洋务派的晚清文官，1905年出任沪杭铁路督办，主持修建和路政，显示出行家本领，所以后来又给孙中山去当南京临时政府的交通总长。早年毕业于浙江省立第一师范的作家、记者兼学者曹聚仁有篇文章写到过他：

> 汤督办是怎么一个人呢？他穿了一套土布短裤，戴了一顶箬帽，脚上一双蒲鞋，手上拿了一把纸伞，十足的庄稼人。他的诗文都不错，却是

维新志士,实实在在去做社会建设工作的人。辛亥革命军在杭州起义,旗营满洲将军指定要汤某人来杭州,他们才肯投降。(《杭州初到》)

至于杨善德、卢永祥、孙传芳之流,固然都是军阀,却和别处的军阀不大一样,一旦来到杭州就多少收敛了一些江湖气,不那么穷兵黩武打来杀去,变得有几分像政客了。为什么呢?杭州和浙江的油水够足,何必再为争夺别处的什么穷地盘去劳民伤财,弄得鸡飞蛋打?出于自身利益的掂量,他们多少还是为杭州的经济发展和市政建设做了一些事情。这帮土包子出身,本是一介武夫的军阀,若能有所长进,一定是跟着杭州人学的。杭州人读"三国",最欣赏诸葛亮而非刘关张。周公瑾的"羽扇纶巾,谈笑间,樯橹灰飞烟灭"也让杭州人觉得是很高的境界。

杭州有杭州式的英雄好汉。在1937年底被日军占领后,杭州人像他们的前辈南明抗清的好汉们那样,从未停止过地下抵抗活动。他们在1939年初刺杀了汪伪市长何瓒,又在1942年秋刺杀了另一任汪伪市长谭书奎。

地地道道是个杭州人的剧作家夏衍(原名沈端先),他的侄子辈里有人将祖传旧宅租给敌伪开茧行。就是这么点事情也让他感到很丢脸。然而他在1939年秋欢呼道:"半个月前,接到妻从上海寄来的信,说六月一日游击队打到杭州近郊,把我们的旧家放火烧了。……妻在后面附加着说:'我们觉得很痛快,这最少对于你们沈家的那些不肖子弟,给了一个不小的教训。'"(《旧家的火葬》)

大户人家

写历史小说出名的台湾作家高阳(本名许晏骈)也是地道的杭籍人,小时候就住在横河桥北岸的大河下,一所名为"横桥吟馆"的大宅里。说起他的祖居,高阳十分得意,因为那房子里曾经挂满了皇上御赐的匾额,因为他的祖上许学范有七个儿子,七子登科!四人中举,三个做了翰林,分别官至吏部尚书、南书房翰林、江苏巡抚等,及后代又官至兵部尚书、军机大臣之要职。这样的人家,七子登科,比俗话说的"五子登科"还多两个呢!恐怕海内只此一家,皇上当然得好好表彰。

旧时杭州的大户人家,清末民初出过几个大官。除了许家那几位,还有汪大燮,做过黎元洪内阁的国务总理;孙宝琦,做过山东巡抚、熊希龄内阁的外交总长、段祺瑞内阁的财长和总理;王克敏,做过王士珍和曹锟的财政总长、中国银行总裁,后来又做了华北的汉奸头子。还有文人、学者，自清以来也有不少，写《长生殿》的洪昇、写《随园诗话》的袁枚、诗人龚自珍、画家任伯年、学者章太炎等等，都给杭州耀祖光宗了。

其实，从前的大户人家常常是既官又文又商的，或者至少是通过联姻来把这一应风光都揽着。下面要讲的杭州蒋氏家族便是一例。

蒋氏的祖上从绍兴迁来，"一双草鞋过钱江"，渐渐地就在杭州积善坊巷开起一爿小酒店。两三代人下来，"廷"字辈的兄弟廷梁、廷桂又合伙经营小本的丝绸买卖，于清咸丰八年（1858）开设了蒋广昌绸庄。此后蒋家便以这个日益兴旺、牌子打响、织品曾入贡清廷、在半个世纪后已将势力遍及除甘肃和青海以西的整个中国直至南洋的"蒋广昌"，开始了一系列的资本扩张、产业扩张乃至家族的谱系、地位、影响力等社会资源的扩张。

蒋廷桂（字海筹）有两个儿子，长子玉泉自幼辅佐父业，他的一个儿子蒋世英，娶了后来做了浙江都督的汤寿潜的小女儿汤润芝。汤寿潜那时不仅主持沪杭铁路的兴建，还出任张謇的预备立宪公会干事，是清末立宪派的领袖之一，又和许多洋务派地方大员如两江总督刘坤一、湖广总督张之洞等有来往。

汤潜寿另有一个大女儿，嫁给了上虞籍学者马一浮，不幸早逝。马一浮后来寄居杭州孤山的广化寺，用了三年时间读完全部36300册文澜阁藏《四库全书》，成为令人仰慕的大学问家和大书法家。

这样，经商的蒋家就和做官的汤家和做学问的马家成了亲戚。所以后来蒋海筹于1934年8月去世时，马一浮为他作墓志铭并亲笔书写。

> 君既致饶足，益谦谨好礼，而善应时变。光绪末浙人议筑沪杭铁路，设兴业银行，君皆首输巨资，以为倡班。

汤寿潜督办沪杭铁路，但钱是蒋海筹带头出资帮他筹的。也因这层姻亲关系，当1906年，汤寿潜激烈反对盛宣怀同英国缔结出卖铁路主权的借款草约，投入浙民保路风潮时，便是通过蒋家联络诸多杭州工商界人士认股筹款，成立了浙路公司以及为其做资本营运的浙江兴业银行。第二年这家银行独立，蒋海筹是三董事之一。但因年事已高，后来实际上是由他的另一个儿子，即刚从日本学经济回来的蒋抑卮主事。

蒋抑卮后来成为浙江兴业银行的最大股东。而这家银行日益兴旺，1918—1927年的10年中，其存款额在全国

◎蒋彦士，浙江杭州人，南京金陵大学农学院毕业，美国明尼苏达大学农学硕士、哲学博士。曾任教于美国明尼苏达大学，南京金陵大学教授

◎都锦生，都锦生亲手织出我国第一幅丝织风景画《九溪十八涧》。1922年5月15日，在杭州茅家埠家中办起都锦生丝织厂

各大商业银行中曾有五次居于首位。1934年筹建钱塘江大桥，南京政府铁道部委托"浙兴"组成筑桥银团筹款200万元，"浙兴"自身承担了一半，亦即半座大桥是由它出资，显示了强大实力。

这个做了银行家的蒋抑卮，还跟大作家鲁迅关系密切。鲁迅二弟周作人的回忆录里专门有一个章节，标题就叫《蒋抑卮》，说的是1908年初冬他和鲁迅在日本时，某日来了一对夫妇，说是刚到东京还来不及租屋，鲁迅就把自己的住处让出来给他们暂住。此人便是蒋抑卮，"很读些古书以及讲时务的新书,思想很是开通……因为人颇通达,所以和鲁迅很谈得来"。

鲁迅一向爱给朋友取绰号,也给蒋抑卮取了一个"拨伊铜钿"。这是句绍兴话,意思是"给他钱",因为蒋抑卮自己有这么一句口头禅,凡遇见稍有窒碍的事,就说"拨伊铜钿"——给了钱事情就该行了。而且这位慷慨的阔少爷,也曾为鲁迅做过"拨伊铜钿"的事——垫钱200元为鲁迅出版了他的第一部小说集《域外小说集》。据查,1912年至1928年的《鲁迅日记》中,提到蒋抑卮的地方有44处之多。他俩的友谊自1902年在东京相识起,一直持续到1936年鲁迅逝世。

这还不够,蒋家还不满足于联姻、交友式的扩张,蒋家的后代还直接进入了"政界"。就是那位娶了汤潜寿女儿的蒋世英,他的一个儿子叫蒋彦士,早年在美国学农业,从1960年代到1990年代中期,先后做过台湾的一系列大官:"行政院"秘书长、"教育部"长、"外交部"长等等,直至做到国民党中央秘书长和"总统府"秘书长。

有件事值得说说:蒋抑卮在日寇占领之前逃离了杭州,他的私宅也被敌伪侵占。占了他房子的不是别人,正是前文提到的那位伪市长何瓒,而此人也正是在蒋抑卮这所房子的餐厅里,被国民党"中统"浙江站的两名特工刺杀。

小家碧玉

杭州人的确是很注重"小"处，这一点北方人没有看错。我父母都是北方人，1950年代初来杭州时，很看不懂杭州人怎么能将一棵青菜炒出菜梗、菜心两盘菜来，而我们山东人却每每是把好几样菜煮进一锅里去的。

一样东西可做出很多种吃法，这就是杭州人许多脑筋的用处。你嫌杭州人不大气也罢，夸奖杭州人会过日子也罢，"虽好却小"或者"虽小却好"，随你怎么看都没错。杭州人就是这样，总把生活诸事尽量做得精致。

杭帮菜本以家常为主，功夫做在将很普通的东西烹饪成美味。譬如相传是苏东坡首创的东坡肉，即以带皮的普通猪肉，调以黄酒，置于密封砂锅文火焖烧而成。

再如叫花鸡，也是杭城名菜，据说是从叫花子（乞丐）那里学来的。叫花子没有炊具，就用黄泥裹鸡在火堆里煨烤。杭州的厨师把这点学来，大大地精致化一番。仍旧是普通的越鸡，而佐以绍酒、生姜、葱叶，再用荷叶和箬壳分层包裹，最后再涂上用酒脚和盐水调入的酒坛泥，置于文火煨烤。待打开就食，香气扑鼻，鸡肉白净，酥不粘骨，鲜嫩可口。

另一道名菜"宋嫂鱼羹"，也是很普通的原料，即将鲜活西湖鳜鱼切成缕缕丝状，配入火腿、竹笋、香菇、鸡汤，尝来犹如蟹肉羹一般鲜美。那"宋嫂"，便是前文说起过的，因她这道鱼羹很得高宗皇上的欣赏，吃完一碗便赐金百文，由此打响牌子，生意火爆，让她成了富婆，那位就是了。

很有趣的是，这几样杭州名菜的名称，从苏东坡到叫花子，都用上了！

老杭州的宋嫂鱼羹，以楼外楼的最为正宗。楼外楼在清末就很有名了，尤其自1912年杭城拆了旗营便于游人出游白堤、孤山以来，生意更是大旺，各路阔佬、名流，上至蒋介石下至小记者，都来一尝名楼佳肴。俞平伯回忆1920年初他住在杭州时，六月里的一个傍晚："楼外楼高悬着炫目的石油灯，酒人已如蚁聚。小楼上下及楼前路畔，填溢着喧哗和繁热。"（《西湖的六月十八夜》）

先是向富人、游人提供了美味佳肴，渐渐地杭州人自己也乐在其中，不仅精于吃喝之道，也真是有许多的吃喝雅兴。作家施蛰存是杭籍人，1930年代在上海教书，每次回杭州都颇有感慨。

> 杭州酒好。上海高长兴到杭州来开分店，就常被杭州酒徒引为笑料。……杭州人吃酒似乎等于吃茶。不论过往客商，贩夫走卒，行过酒店，闻

到香气，就会到柜台上去掏摸出八个或十个铜元来烫一碗上好绍酒，再买三个铜元花生米或两块豆腐干，悠然独酌起来。吃完了再赶路做事。上海虽亦有不少酒店，但一个黄包车夫把他的车子停在马路边，自己却偷闲吃一碗老酒的情形却是从来没有看见过的。于此我不能不惊异于杭州地方酒之普遍而黄包车夫之悠闲了。（《玉玲珑阁丛谈》）

别处的黄包车夫或许是以议论国事为乐，但杭州的小人物们不会满足于这种"空劳劳"的靠耍嘴皮子的"做大"。用他们自己的话说，宁肯多搞点"小乐惠"，尽量动动脑筋把自家的小日子过得有滋有味。平民百姓，一辈子没啥大出息，若连这点"小乐惠"也没得，岂不冤活一场？！你笑他小家碧玉，无妨，他会告诉你说，有"碧玉"就很不错了。就算只是块石头，咱也是爬着些许青苔在上边，而非光秃秃燥煳煳的一块。

"杭铁头"

故事再说回到1924年9月25日那天，孙传芳大兵进城，杭州人起先很害怕。但杭州城里也没有很多密室好让所有老百姓都躲藏起来,因此许多人还是滞留在街头。或许还有人是存心要看个热闹,看看谣传中被描述得十分狰狞的孙传芳大兵究竟是怎样的神气。杭州人里不乏被称为或自称为"杭铁头"的,就是这种脾气,偏不买账,老子有啥好怕?

郁达夫也曾说到过杭州人的"杭铁头"脾气,不过是从反面说的:"……等到大亏吃了,杭州人还要自以为是,自命为直,无以名之,名之曰'杭铁头'以自慰自欺。"(《杭州》)

他是杭州南面的富阳人,好像不太喜欢杭州,说过不少关于杭州的丑话。不过他还是乐意把家安在杭州,而且不听鲁迅的劝阻。

◎郁达夫,杭州富阳人,好像不太喜欢杭州,说过不少关于杭州的丑话。不过他还是乐意把家安在杭州,而且不听鲁迅的劝阻

反正,不管怎么说,那天"杭铁头"们跑到街上去看孙传芳进城,却忽然让他们吃了另外的一惊:一声轰隆从西湖的南岸传来,有点发闷,有点怪异……

没多久,人们便在杭州街上不太是滋味地奔走相告:雷峰塔倒掉了。

俞楼在孤山脚下,从市区望去恰好是和雷峰塔对称地处在西湖南北两边。当那声闷雷般的轰隆响起之时,俞楼的女主人正好在朝湖上张望,便看见一股尘烟从南屏方向冉冉地升腾……

除了鲁迅,大概没有人对此幸灾乐祸,虽然诚如鲁迅所言一般老百姓的确是很同情白娘子的。可那毕竟只是个传说,老百姓还是弄得懂小说和现实的真真假假。现实中的雷峰塔还是很得杭人珍爱的,起码它已经在那里矗立千年,早已让杭人看习惯看顺眼了。而今,正当孙传芳大军饿虎扑羊般地朝着杭州扑来,几乎同一时刻,偌大一座古塔无缘无故地自己倒了,该是个什么征兆?

就在人们为此想起"祸不单行"这句老话的时候,忽又听说,雷峰塔的下面原来不是镇着白娘子,而是藏着许多金子。塔一倒,金子都撒了满山满坡。

这就顾不得孙传芳不孙传芳了,人们纷纷朝净慈那边涌去。许多平常算不得"杭铁头"的胆小怕事者,也暂时提升了勇气。

可当他们赶到那里,踏上雷峰塔的废墟,却发现原来是个误会:杭州话的发音,本来分不清"金""经"二字。而雷峰塔里倒真是藏着据称是八万四千卷佛经,藏在开着小洞的一块块特厚的塔砖里。塔一倒,砖块和里面的藏经都撒了出来，有人见了，传出话去，然后以讹传讹，就让许多人把"藏经"听成"藏金"了。

金子没捡着，却把那一小卷一小卷的五代藏"陀罗尼经"糟蹋了不少。后来又听说，这批还在宋版书之前的文物，比金子还贵重呢。于是人们又抢着去把一块块塔砖敲开取经，结果又把同是宝贵文物的塔砖也毁了多半。

这情形让当时正携带家眷躲藏在城内皮市巷宗文中学一间密室里的画家姜丹书，后来知道了大为痛心。他在责备杭民无知、贪婪之余，又抱怨政府当局没有及时派出警察来保护现场，维持秩序。

他的抱怨有点不合时宜。警察也是武装力量，在孙传芳大兵压境、杭州行将易主之时，情理之中，警察们或是有更要紧的事情去做着，或是怕露面也像画家那样躲起来了。实际上孙传芳的进城只让杭州人虚惊一场。因为败兵先退，胜兵缓进，市面还不算很乱。恐怕也就是在刚刚倒掉的雷峰塔这边，杭州人自己乱了一场。

第二天，杭州和上海的报纸都登了雷峰塔倒塌的消息，并且附带了一帮杭州人在雷峰塔废墟上乱扒乱敲的花边，还有照片，让杭州人觉得很没面子。

画家的责备很对，杭州人里也有贪婪无知之辈，素质很差的，平常还受点约束，这回趁乱，可真"露脸"了。

外乡人

第二故乡

除了和尚和"烧香老太婆",还有许多形形色色的外乡人因为方方面面的缘故被吸引到杭州来。有的只来几天,有的过上了几年,有的则老死在这里。

◎经亨颐,浙江两级师范学堂(后更名浙江第一师范学校)校长,兼任浙江教育会会长。1921年在上虞创办著名的春晖中学

◎李叔同扮演的茶花女

◎竺可桢，1936年4月担任浙江大学校长，历时十三年

◎竺可桢题写的"求是精神"成为浙江大学的校训

◎西泠印社首任社长吴昌硕

前面提到过许多杭州名人,其实是按现在的"大杭州"概念,即把杭州附近的几个县都归入今日杭州市的行政区划内来算的。章太炎是余杭人,汤寿潜是萧山人,郁达夫是富阳人……至于另一类,高阳、蒋抑卮等等,虽是杭人,但按中国习惯算法他们的祖籍也不是杭州,是祖上的某一辈从别处迁来的。还有更多的,在杭州做过官、教过书、办过这样那样事业,留下不朽业绩、文化成果和众多学生的名流,诸如俞曲园、胡雪岩、经亨颐、黄郛、李叔同、马一浮、夏丏尊、盖叫天、竺可桢、潘天寿、朱自清、丰子恺、俞平伯、林风眠等等,都不是杭州人,只能算是寄居杭州的外乡人。

但他们都愿意把自己当成杭州人,或至少像白居易、苏东坡那样,把杭州当成第二故乡。譬如辅佐过孙中山、

◎吴昌硕所题"西泠印社"

◎盖叫天故居。盖叫天十三岁到杭州，在拱宸桥"天仙戏院"学唱老生，后以武戏闻名天下，被誉为"燕北真好汉，江南活武松"，开创了独具特色的盖派艺术

◎林风眠故居。是林风眠于1934年亲自设计和建造的法式宅院

陈其美，为"光复"杭州及攻克南京立下汗马功劳，后来在1924年又以国务总理身份摄行过一阵中华民国大总统职务的黄郛，他本是江苏松江人，只因自幼亡父，随母居杭，在杭州念的书，考的府试，很得当时杭州知府林启赏识，被浙江省保送日本留学等等，如此之故，黄郛便以杭州人自称了。

还有1946年出任美国驻华大使的司徒雷登，他的父母自1870年起就来杭州传教，在天汉洲桥那里建起杭州第一所耶稣教堂，后来那地方就叫耶稣堂弄。1876年司徒雷登本人就出生在那座教堂里，从小就在杭州长大，直到14岁才回美国读书。而到34岁，他刚结完婚，便偕新娘重返杭州，继承父业做传教士并在学校教书，直到1913年离开杭州去南京任教。他的父母和一个兄弟死后也埋葬在杭州九里松的外国坟山。司徒雷登说杭州是他的第二故乡毫无牵强之嫌，因此当他1947年秋天来杭州为其父母兄弟扫墓，当时的杭州市长周象贤授予他"荣誉市民"称号。

外乡人，甚至还有外国人（意大利人马可·波罗1284年至1287年在杭州做了三年元朝的官员），在他们一生中的某一个时期，客居杭州，一住就是几年十几年乃至几十年。老杭州不仅是个"销金锅"，也是吸纳四海贤达的大熔炉。说真的，不怕我的杭州老

◎潘天寿故居。潘天寿于1928年定居杭州,任国立艺术院教授,1944年至1947年任杭州国立艺术专科学校校长

◎沙孟海故居。沙孟海曾任浙江大学中文系教授、浙江美术学院教授、西泠印社社长等

◎黄宾虹故居。栖霞岭31号,建于20世纪30年代,是大画家黄宾虹最后落脚点

◎蒋经国旧居。1939年6月至1945年2月,蒋经国在赣州任江西第四行政区专员期间,曾与家人居住于此。现已成为咖啡馆

乡听了不高兴，在我们杭州这地方，一向最风光最有"出息"的，亦即官做得大或钱赚得多或学问做得高者，方方面面的头面人物，十有八九不是我们杭州人。

譬如胡雪岩，以19世纪的水平而论，生意做得够大吧？他的"胡庆余堂"至今仍被杭人视为"市宝"。但胡雪岩是安徽绩溪人，初到杭州做银号生意，经理官库银务，那样发的迹。

再譬如，"浙江一师"及其前身浙江两级师范学堂的那一批极风光的教师，鲁迅、许寿裳、单不庵、李叔同、朱自清、俞平伯、陈望道、夏丏尊、刘大白以及校长经亨颐，都是客居杭州的外乡人，后来又都离开杭州到别处去发展，并且都成为中国现代文化在诸多方面的杰出人物。他们的学生之一曹聚仁后来回忆说："时人谈五四运动的演进，北京大学而外，必以长沙一师与杭州一师并提，这都是新时代的文化种子。"（《明远楼前》）

当官的就不用说了，从白居易那时起就都是外乡人来主政杭州的。

甚至黑社会老大这种角色也有外乡人跑来杭州做的。抗战胜利后有个名叫杨松山的青帮小头儿，做了杭州江干各码头的霸主，此人却是个诸暨人。

湖上庄宅

在老杭州的西湖边上,除了和尚和"烧香老太婆",还有一道风景很显眼,就是沿湖各处漂亮房子很多。有的古色古香,有的十足摩登(这个洋泾浜新词在20世纪二三十年代的上海、杭州用得很多),大大小小,形形色色。中国人那时不大说"别墅",而是把它们叫作"庄""园""庐"之类。或以房子主人的姓氏来叫,汪庄、刘庄、郭庄、蒋庄等等,或更雅些,叫澄庐,叫水竹居,叫葛荫山庄……如今这些庄园剩下没几所了,但在清末和民国时期,这样的靓屋豪宅在西湖周围极多极多,几乎把西湖围了一圈。

◎郭庄,位于杭州西山路卧龙桥畔,与西湖十景之一的曲院风荷相邻

这些房子的主人，大体上是三种人。极少数的几所房子是文化人的，譬如俞楼的主人是国学大师俞曲园，那是他的弟子们凑钱造来孝敬他的。第二种人是当大官的，譬如南山路口的澄庐，原是江苏巨商盛宣怀四公子的私宅，后来做了蒋介石夫妇在杭州时的别墅。第三种是大商人，这就更多了，老杭州西湖边上这个庄那个庄的绝大多数都是这些人的。

有趣的是，西湖边上的这帮庄主，几乎都不是杭州人。仅有的一个例外是建在"花港观鱼"旁的红栎山庄，俗称高庄，它的主人高士奇是做茶叶生意的，正经是杭人产业。本来还有一个例外，就是西山路卧龙桥下的郭庄，被园林学界誉为"西湖池馆最富古趣者"，如今还在，开了茶馆。这园子本名端友别墅，俗称宋庄，当初倒是杭人绸商宋端甫置的业，后来抵给清河坊四拐角的孔凤春香粉店，最后又卖给了山西汾阳人郭氏，名园易主，便也改称汾阳别墅亦即郭庄了。

高庄的对面有廉庄，又叫小万柳堂，是无锡人廉南湖、吴芝瑛夫妇偕隐之所。后来又易主蒋氏，故又称蒋庄。再后来，抗战胜利后，这庄子又租给国立西湖艺专（即现今校址在南山路的中国美术学院前身）做教授宿舍。于是诗人画家常聚此园，遂成湖上雅集之地。

◎杭州国立艺术院，1928年3月1日创立于杭州西湖罗苑（现平湖秋月附近），1930年更名为国立杭州艺术专科学校

在西湖的北山那边，出钱塘门沿北山路去，依次是九芝小筑，余姚人黄楚九之别业，俗称黄庄；徐庄，海盐徐氏置业；青莲精舍，吴兴南浔刘氏所建；秋水山庄，上海报人史量才的别墅；葛荫山庄，湖南人葛氏产业；孤云草舍，吴兴人刘梯青所有，等等。

西湖各庄宅中，名气最大的当数南屏净慈寺近旁的汪庄，和西山路丁家山下的刘庄。它们至今都还在，分别叫作"西子宾馆"和"西湖国宾馆"。其能够保存到今天，也说明这两所庄宅的精美、精彩。

◎史量才，报业巨子，1901年考入杭州蚕学馆（今浙江理工大学）

◎史量才为西湖博览会题词：物华天宝，人杰地灵

汪庄原名清白山庄，在1920年代初由安徽茶商汪自新（号惕予）营建。汪氏在上海开茶庄"汪裕泰"，很有点名气。除了楼台、草木、山石、池水这套园林俗套之外，他这个庄园以春茶、秋菊和古琴显示出个性。汪自新收藏了一百多张古今名琴，还把他的挂满琴谱墨拓的斋室叫作"琴巢"，还雇人制琴，号称"汪琴"，仿佛在茶叶之外还想做琴的生意。汪庄的主人还辟出一间茶叶展示厅，游人可随意前往参观，免费品茗，这也等于是为他的茶叶做起广告来。这个汪庄原本就规模不小，后来又扩建，侵占西湖湖面很多，引起当时杭人舆论大哗。事情闹到官府，汪氏应允待他百年之后，将汪庄捐赠地方政府作为公产，才免于拆除。幸好是这样，那时真若拆了，今日想来十分可惜。它的园林既精致又大气，属西湖庄宅中的佼佼者，当被视作文物看待。毛泽东生前来杭州常常是住汪庄。

旧时也有行家认为西湖诸庄宅，论其精美、雅致，首推刘庄。而且这个雅名"水竹居"的刘庄，其来历也更有故事，甚至颇具传奇色彩。它的主人刘问刍是广州人，以豪赌发财，在晚清捐了个二品顶戴的候补道，还纳了十二个妾，并在园中早早预置好一处坟庄，他本人的冥宅居中，环以十二妾之生圹。其实还没等他死，又以豪赌输了家产，除了最后纳的小妾尚存恩情外，其余十一个妾都离

◎刘庄,位于西湖丁家山畔杭州市杨公堤18号,又名水竹居,被誉为西湖第一名园,现已改为西湖国宾馆

他而去,树倒猢狲散了。

但刘某虽在女色上很"花心",却对西湖痴情了四十年无悔无怨,可谓真正的"性情中人"。当初,20岁的他上京会试路过杭州,即被西湖迷住,许愿将来发达一定来西湖居住。后来果然发迹,在广州是最早做慈善事业的人,又被清廷派往日本考察商务,又在东京结识孙中山并开始常为孙中山筹款,而归国后又一时颇得李鸿章器重……可也就在这个时候,刘某淡出仕途,开始还他的愿了。他本在广州的荔枝湾那里有自己的祖传旧宅刘园,也算是广州城里数一数二的名园了,却被他卖了宅基,拆了那园中所

有令他心爱的东西，楠木屏门、雕画的回栏、卷棚等等，竟颇费巨资自广州运来西湖，一并做进他的新水竹居里！

此后他在西湖住了四十年，举了四十年的债，对他这庄子四十年如一日地精心侍候。一草一木，一石一瓦，都让行家看出是再三斟酌过的安排，从建筑式样、用的材料，直到书画古玩的布置，一切都那么到位，这便令你不得不对这位赌徒出身，纳了十二个妾的广东胖子刮目相看。

西湖边上这些庄园，当年大都经常对游客开放，你可以在里面随便走走看看，守园的侍者还会奉上一杯香茗待客。看得欢喜起来，想在里面住上一夜，也行。反正里面的房子多得很，主人又是经常不在的。

"幕后"妙用

说杭州古来"人文荟萃"一点没错。但不一定是讲杭州人有多么多么的优越不凡。而我恰恰以为这正是杭州的光荣，它就是有这个本事，自五湖四海吸纳外乡人的才智、财富来成全自身。

一千年前的欧阳修感叹，天下诸邦，能集山水秀丽与市井繁华于一身者，仅杭州一地。而另一位宋人叶适之进一步解释了个中原因："吴越之地，自钱氏时独不被兵，四方流徙，尽集于千里之内，而衣冠贵人，不知其几族，故以十五州之众，当今天下之半。"

清末民初的时代跟宋初相仿，诸侯纷争，天下大乱而唯独杭州比较太平，尚能把日子过得有章有法，所以有钱人都跑到杭州来了。

当然不只是有钱人。读书人当然也希望有个还算清静的地方，哪怕粗茶淡饭，只要能让人潜心治学就好。譬如马一浮那样的，要读遍三万六千多卷《四库全书》，他不找杭州找哪里。

再还有最微妙的那一层，那些在南京做大官的，大到蒋委员长本人，虽然在别处针锋相对地争夺不休，搅得生灵涂炭，鸡犬不宁，却也愿意留下一块净地好给自己一些方便。打仗打疲劳了，搞政治搞得太紧张了，就来杭州休养休养，放松放松。南京离杭州还算近，上海离杭州更近，都是可以把杭州当"后花园"的。该请客在杭州请客，楼外楼的鱼烧得那么好嘛。搞政治，做大生意，不能光是顶在前头傻乎乎地蛮干，有时真需要摆脱一下，找个地方去调整调整思路。何况南京是中枢所在，上海是全中国的耳目乃至洋密探的云集之地，众目睽睽，人言嘈杂，常令蒋委员长做起手脚来感觉不便。前文说过杭州不是发生重大历史事件的舞台。但杭州又经常是给那个舞台做"幕后"用的。两次"国共合作",幕后的大量细节,都是在杭州谈的。

第一次是在1922年8月末,刚成立才一年的中共中央,在杭州举行特别会议,由陈独秀、李大钊、蔡和森、张国焘、高君宇、张太雷以及共产国际代表马林出席,作出了部分共产党员以个人身份加入国民党并帮助孙中山改组国民党的重大决定。七天后孙中山即在上海作出回应:召集国民党中央会议讨论改组事宜,并邀请中共领袖陈独秀参加。事情是从杭州起头的,那以后才有了1924年1月在广州召开国民党"一大"达成国共合作。只是中共杭州会议很秘密,当时外界没有人知道。

但下一回,1937年春天,为"西安事变"善后,兑现蒋介石的承诺而在杭州举行国共正式谈判,那时正好有个上海的杂志编辑来游西湖,记录了他的见闻和感想。

> 这几天真是不得了,杭州既作了游玩的中心,又成了政治的中心,冠盖云集……要是世界和平主义抬头,侵略者销声匿迹,人类相亲相爱的时候,则中国理想中之都会,不是南京,也不是北平,更不是西安,而是杭州。只要杭州建了都城,

把西湖锐意建设一下，我可保证国内决不会再有内战发生的可能，因为无论是哪一个强镇，只要请他来游一下京师……先为之布行馆于湖滨，饮之于楼外楼，然后驾一舸之扁舟，命干练大员以相从，徜徉于六桥三竺间，任有天大别扭的事，到这儿也只得抛开……玩了两三天之后，然后从容进言曰："你老哥驻地的贫瘠，中枢是知道的，久有想调剂调剂的意思，就是这浙江的主席，请老哥屈就，你看这里的风光多好！"这位固然也有些想尝尝苏东坡"西湖长"的风味，但究也放不下追随了许多年的部下，于是随即提出增加军饷问题……双方就在湖艇上，三言两语，把行将生灵涂炭的天大事情解决。接着这位返了防次，就发出辟谣及拥护中枢两通通电，什么事都没有了……蒋委员长被劫西安，你想他会被困于杭州吗？这决没有的事。……所以，这次要人的聚会，不在政治中心的南京，而偏移到游玩中心的杭州来，这实是当事者的聪明过人处……（周黎庵《湖上杂事》）

话虽不正经，却也真有几分切中。杭州和西湖真可以

◎锦带桥在白堤西段,南宋时始建,称涵碧桥,明万历年间重构,为木桥,改称今名

让政治家们派上这类用场。清帝乾隆虽以好玩出名,但以那时的交通条件,那漫长路途令人生畏,他竟不厌其烦来了六次杭州,恐怕就不好说他只是来玩而没有其他打算。

非常有趣的是,民国时代的历任国家元首,广东人孙中山很看重浙江和杭州,在他短促而忙碌的国内政治生涯中就曾来过三趟杭州;而浙江人蒋介石就更不用说了,杭州在他是常来常往的。除了这一头一尾的两位,夹在中间的那些庸才,似乎都不怎么把杭州当回事。

◎跨虹桥，苏堤六桥之一，位于最北端，是在明朝移至此地，也是六桥中唯一移动过桥址的一座

◎景霞桥

◎卧龙桥，杨公堤上的第三座桥，因挨近龙潭而得名

多情与真情

至于文人们，稍许有点矫情不算什么。

读过民国时期的许多西湖文章，大致的一个印象是，但凡比较前卫一些的作家、诗人，都有点不屑于西湖，那么娘娘腔的。鲁迅话语不多，但言简意赅，让我体会到的是他决不认同这种既是旧文化遗老遗少所爱，又是新兴布尔乔亚情调所趋之俗趣，而且是国民正于水深火热中挣扎的时代。鲁迅很真实，他真的很忧国忧民，真的很不在意西湖。

其他人就不像他了。骂归骂,玩还照样玩。玩够了再骂,潇洒和深沉就都有了。一九二几年印度大诗人泰戈尔来中国那回,徐志摩领着他的偶像在西湖玩得很过瘾,然后就写文章说些西湖的丑话来过一过另一种瘾,文人瘾。不过这位诗人骨子里还是很直率很可爱的,因为他刚刚骂过西湖忽又话锋一转给它几句安慰:

> 但是回过头来说,这年头哪还顾得了美不美!江南总算是天堂,到今天为止。别的地方人命只当虫子,有路不敢走,有话不敢说,还来搭什么臭绅士的架子,挑什么够美不够美的鸟眼?
> (《丑西湖》)

这样说就对了。

巴金也很真实,他有一篇题为《苏堤》的游记像是小说的写法,里面一点儿没有那种游览风景边游边骂的新式文人的俗套。心灵敏感的巴金,讲他被西湖船夫怀疑会赖掉船钱时,"我的小资产阶级的自尊心受伤了",如何想要证明自己,又如何打算报复对方,而最终又如何发现"那是一张朴实的、喜悦的脸。我觉得自己也被一种意外的喜悦感动了"。

◎徐志摩、林徽因等陪同泰戈尔游杭州

胡适1923年曾在烟霞洞养病三个多月，与这里的主人金复三居士相处很好，也很喜欢金居士做的美味素斋。临走前，胡适写了一首诗送他作为答谢："我来正值黄梅雨，日日楼头看山雾。才看遮尽玉皇山，回头已失楼前树。"近乎打油诗，却很朴素、实在，想必杭州雨季的山雾会给这位一直居住北京的学者极深的印象。

总之，不管玩了西湖之后回去怎样品评、褒贬，事实上那时的几乎所有文人、名流都来过杭州，其中有些人还常住杭州。诗人戴望舒的住所在大塔儿巷，小说家郁达夫的"风雨茅庐"在大学路场官弄，作家方令孺的寓所在灵隐白乐桥3号，画家林风眠的故居在灵隐路3号，京剧表演大师盖叫天的"燕南寄庐"造在玉泉金沙港，诗人兼画家丰子恺住过的"肖𠕇"在皇亲巷9号,设计钱塘江大桥的桥梁专家茅以升住过南山路荷花池头的一所房子,学者兼社会活动家马寅初和陈叔通都曾在庆春路上的"竹屋"住过,绘画大师黄宾虹的最后时光是在栖霞岭31号他的寓所中度过……

最浪漫不过的杭州之行,是郭沫若在1925年的正月,竟为着米和一位素未谋面的"狗狗小姐"私会!这故事是由郭沫若自己写成文章(《孤山的梅花》)来说的,应是真实无欺。那年在上海刚过完春节他便收到一封陌生人从杭州寄来的信,约他几天后在杭州昭庆寺前的钱塘旅馆会面一叙,或许还去孤山赏梅一番。那信的"文句写得十分柔和,并且字迹也是非常秀丽",所以郭沫若就很动心了。但依当时的情形他实在又是很踌躇的,照他说是,他的日本太太和三个孩子刚随他回国来,还不会说中国话,而且太太又快要生第四胎了,因此他不想带上他们一起去杭州赴约。更令他窘迫不安的则是,家里总共只有十五块钱了!"我假如在这十五块钱中要拿出十块钱去花费,只剩下五块在家里,心里怎么也是过意不去的。"打算去向朋友借钱,却听朋友谈了许多时局分析,卢永祥啦,张宗昌啦,吴光新啦……

> 哦,原来如此。但这是事关天下国家的游戏,用不着我来多话;我是要往西湖去会女朋友的,哪管得他们这些闲事呢?

再三踌躇又几经耽误之后,诗人终于还是带上那十五块钱里的五块,把日本太太和三个不会讲国语的孩子留在上海,自己坐上三等车厢奔杭州去了。但结果,"猗筊小姐"子虚乌有。诗人瞧着那爿实在太过简陋、冷清的钱塘旅馆,心想:"看样子,这也不像是小姐能住的旅馆了。"

是西湖和那耍弄他的写信人,让郭沫若如此这般可爱了一回。

湖山归宿

诗人、作家、学者当然都算社会精英。而照一般世俗观点,做大官的和赚大钱的,也是很算得上"上流社会"的了。

但老杭州还有许多外乡人是处在社会底层的穷人,因为别处打仗或是闹了天灾逃难来的,到杭州投亲靠友,随便找着点活儿做做,好歹活过一条命去。这样的穷苦人儿在老杭州恐怕也比别处多些,只因历史上他们没名没姓,无法细说罢了。我只能猜想,他们在杭州谋生,应是比在别处稍微容易一些。大概那些最垫底最落魄潦倒的人,即乞丐们,也乐意讨饭讨到杭州来。并不是因为杭州人一定比别处的人更慷慨,而是听说了杭州的粮米很多,而且杭州的饭菜好吃,冲着这点来的。

老杭州的确并非是穷人的乐园,西湖和他们的关系,顶多是有份替游客划船、抬轿的活儿可以让他们做做。旧时在西湖的龙井、天竺、韬光、虎跑各处,伺候上山游客的轿夫,几乎都是来自萧山的农民,大概因为萧山人肩挑背扛的功夫最好。

> 萧山轿夫多属年青力壮,走山路如履平地。……他们唯一的缺点,就是一路走,一路互相对骂。他们并不是真有什么事要争吵,只是骂惯了,不骂就没有力气抬轿。(阮毅成《三句不离本"杭"》)

不过,尽管穷人在杭州也是做穷人,我相信这些外乡人的大部分还是留在了杭州,最终成了杭人。

因此杭州还是很多外乡人的最后归宿。旧时来西湖游览的游客都曾留意到,西湖边有许多坟墓,而且也像湖上庄宅那样多半是埋着并非杭籍的外乡人。前文说过,女侠秋瑾的墓冢就在杭州西湖。秋瑾1907年组织光复军,发动武装起义失败,7月15日被斩首于绍兴轩亭口。先葬于绍兴卧龙山麓,复由徐自华等密友遵照秋瑾生前遗愿,将其秘密迁葬杭州西泠桥畔。后来这事被当局发现,秋瑾墓冢又被迫迁回绍兴,1909年更远迁至湖南夫家,直到辛亥革命成功后秋瑾遗愿才得以实现,永久归宿于西子湖畔。

这事情细细想来很有意思:生前的秋瑾,热衷于训练民军,组织武装暴动,那么尚武、刚烈,比许多男子汉还男子汉呢。但想

◎秋瑾

◎秋瑾的棺柩从山阴运往杭州,途经跨虹桥

◎秋瑾遗骸几易葬地，最终安于杭州西泠桥畔

到死后，这位女侠终于还是流露出一点女儿本色的柔情，希望自己是葬在并非她故里的西湖边上，面朝着依依柳枝、粼粼湖波，远处的夕阳西下……

更有意思的还是，同是在孤山这一面的山脚，秋瑾的墓，离那位钱塘名妓苏小小的墓只百步之遥。一位是令人敬畏的巾帼英雄，一位是人见人爱的薄命红颜，就这样比肩毗邻地相处在另一个世间。我不知道当初秋瑾的朋友们为她选定这处墓址是否有此寓意。只是如今每让我看见这番景象，想起此中情形，心里就有一种无可名状的怅惘。

唯一的欣慰是她们都在西湖的怀抱里安眠。

◎ 1937年以前，岳飞墓

◎ 于谦墓，于谦，杭州钱塘人。大明少保兼兵部尚书。民族英雄

◎1915年以前，孤山林和靖墓

你再过了西泠桥，不多远，又是岳飞墓。还有另外两位古代大英雄，明景宗朝的兵部尚书于谦，以及誓死抗清的南明兵部尚书张苍水，也分别葬在杭州三台山麓和南屏山的荔枝峰下。这样，三位备受杭人崇敬的大英雄，正好就在西湖三面的北山、西山和南山，各居一处，仿佛守护着西湖，让杭人觉得是很为西湖添了豪气。他们三位，除了于谦是杭人葬于故里之外，岳飞和张苍水都是在杭州就义成仁的。

或者，你不过那桥，顺湖畔往孤山背后去，那里有两位诗人的归宿。一位是前面说起过的那位孤寂无伴的宋人林和靖，另一位是辛亥革命时代的浪漫得近乎狂人的苏曼殊。

而夹在他俩之间的,是又一个红颜薄命的女孩。冯小青并非名人,本是给杭州城里一个冯姓人家做妾的,会写一点诗,因遭嫉妒与冯家大妇合不来,就独居孤山,抑郁早逝。不过就是这么一个明代的普通女子,却因西湖以及由西湖所催发充满诗情爱意的联想,终而有了圆满的故事:小青死后又孤寂了几百年,直到民国四年(1915),诗人柳亚子为说书艺人冯春航立碑于小青墓旁。唯因冯春航善讲小青故事,两人又是同姓,身世感慨上又有同病相怜之处,颇让诗人觉得似有缘分,就这样把他俩撮合起来,隔着几百年的愁绪和向往,沧桑一瞬,每夜一同聆听西湖的波声……

民生十年

新市场

主政杭州的统治者,知府也罢,市长也罢,若是不能把杭州搞好,那是很没有脸面的。别的穷地方,搞不好顶多是说你本事还不够大。但杭州一向是中国最富庶、繁华的城市,要照马可·波罗说起来,那时他们整个欧洲都找不到一个好和杭州比比的地方。在他来之前,南宋末年(1276)的杭州人口已逾百万。而300年后的伦敦才有25万人,到了1700年前后也才50万。

辛亥革命后,杭州开始朝着现代都市的面貌演进。被拆除的"旗营"的原址,开辟为新市场。所谓"新市场",是相对老杭城之清河坊、羊坝头即现今中山路一带的传统闹市而言。河坊街的四拐角,曾是老杭州最繁华的地段,老杭州商业的中心及其象征。在那个十字路口,一家翁隆盛茶号,一家宓大昌烟店,一家方裕和火腿店和一家孔凤春香粉店,各据一只拐角。老杭州的这个商业区很有味道,俞平伯1920年代写道:

> 哪怕它十分喧阗,悠悠然的闲适总归消除不了。我所经历的江南内地,都有这种可爱的空气;这真有点儿古色古香。……杭州清河坊的闹热,无事忙耳。他们越忙,我越觉得他们是真闲散。(《清河坊》)

尽管繁华又尽管有古趣,老杭州只靠这么一个十字路口和这么一条河坊街显然是做不大市面的。不仅是做不大,而且必定会因为不能顺应时代而日渐萎缩。譬如四拐角那里还有一家张允升百货店,原来做丝线生意,做不下去了又改做帽子,再后来,到1920年代末索性脱胎换骨做了百货业,从上海进货,生意日渐兴旺,到抗战前已成为杭城第一大百货商店。辛亥革命后到抗战前的那20多年,真可谓中国人的"摩登时代",尤其长江以南更是如此。那古老的四拐角式的繁华,只适应原先被旗营封闭起来的杭州,只迎合生活趣味和购物习惯都嫌陈旧的城绅、市民。

◎老杭州最繁华的地段

◎沪杭铁路通车典礼

而实在的，无论有意无意，也无论情愿不情愿，杭州这个城市的未来发展，必须利用区域性的城市网络系统，亦即已被沪宁铁路和沪杭铁路连接起来的长江下游沿岸各大中小城市，促成人与物的流动，必须迎合20世纪前20年里正在上海悄然兴起的城市中产阶级的摩登时尚。

"光复"后的杭州也的确抓住了城市创新的要点，即拆墙，造路，将市区重心移向西湖，兴建一系列能够兴奋市民，乃至刺激出新观念新意识的公共设施。古老的杭州亟须出新。拆旧建新，不仅使西湖与杭州重新合而为一，也让这湖滨地段后来成为杭州的繁华闹市。杭人此话毫无夸张："西湖入城"，的确让杭州"大变情形"。

沿湖岸新开六个公园，每个公园都有停泊西湖游船的码头。在现今南山路与湖滨路交会处湖畔公园那里，还开

◎老杭州站,火车的开通,给老杭州带来了摩登气象

辟了一个"公众运动场"和一个"民众教育馆"。体育竞技的时尚自那时起便在杭州的学生和青年人中悄然萌发。而且自五四运动至北伐胜利的八年间,这里还经常是杭城各种群众集会的地点。公共场所越办越多,公众生活日益扩展,这些都是现代都市社会的明显标志。

南北向的延龄路(今延安路)和东西向的迎紫路(今解放路)曾经是杭州市区最主要的两条道路干线,直到1990年代中期还是如此。它们都是在那个时期,即1913—1917年期间先后修筑的。孙中山1916年8月来杭州,看到那些道路正在修建中,便以《道路为建设着手的第一开端》为题作了一次演讲,对浙省造路大加勉励。此后的80年中,杭城道路基本格局依旧。

◎ 1916年8月16日,孙中山、宋庆龄等人在西湖合影

街道成全了沿街的商铺,新市场开始形成,延龄路南段逐步取代河坊街成为杭城新的商业中心。到1925年前后,主要的环湖道路基本建成,为日后西湖旅游大规模展开创造了条件。一个新兴都市的雏形在杭州出现。

由"西湖入城"一步步带来杭城的"大变情形",这种态势在1927年以后尤其明显。因为那一年,北伐胜利,国民党掌权,杭州被正式设置为市。此前的杭州其实是由仁和、钱塘两县分治,或称"杭县"。以横河桥为界,桥东归仁和,桥西属钱塘。故而杭州老话有"钱塘不收,仁和不管"一说。杭州设市后,仁和、钱塘两县仍存在到1949年以后,分别管辖杭州周边的郊区。

从撤县设市的1927年起，老杭州有过10年黄金时代。这10年，杭州很太平，没有人跟杭州过不去。发生在中国其他地方的国共内战、蒋冯阎大战等等，都和杭州隔得老远。杭州享受了10年建设。

设市后的第一任市长邵元冲1927年5月上任，只做了3个月便辞职了，谈不上有何作为。第二任市长陈屺怀也不满一年任期。直到第三任周象贤1928年11月上任，才算坐稳了杭州市长的交椅，逐渐形成铁腕。周象贤是浙江象山人，曾留学美国，和宋美龄、宋子文做过同学，又深得当时新任浙江省政府主席的张静江赏识，后台算得硬了。他分别在1928—1930年、1934—1937年和1945—1948年，先后三度出任杭州市市长，是民国时期杭州历任市长中累计任期最长，对杭州的经济、社会发展及各项市政影响最大的一位。

老产业

新事物纷纷出现在老杭州，但传统经济仍在运转。杭城民生经济基本格局未变，仍旧是"东门菜，西门水，南门柴，北门米"。

丝绸业曾是杭州经济的一个支柱产业，老杭州的许多富人当年是靠丝绸业发家的。进入20世纪以后，以机器和大工厂为模式的新兴纺织业已在上海和苏锡常地区形成强势，逼迫杭州的传统手工业纺织走向衰落。前面讲过的蒋氏家族，也是从丝绸起家，但它的丝织厂即使在鼎盛时期也只是两三百工人的规模。"蒋广昌"的真正发达不在丝绸，靠的是及时将资本的重头转向那个时代的新兴产业——铁路，尤其银行。

此外还有茶叶、中药、工艺品、服装鞋帽之类，也渐渐地缩小了它们在整个城市经济中的比重。这些老字号里，固然是有张小泉、王星记、都锦生、孔凤春、边福茂等等，固然都是那个时代的精品、名牌。杭人旧谚有"头顶天，脚踏边"，说的就是"天章"的帽子，"边福茂"的鞋子，都是很让消费者放心的产品。但是，再怎么说，你一个几十万人要养活的城市，光靠这些剪刀、扇子、织锦、化妆品，怎么行？成得了多大气候？这些老字号名声很大，赚钱可不多，与其说是产业，毋宁说是一种文化。

辛亥革命后的杭州不仅需要产业更新，更需要人们的观念、意识更新。老字号"孔凤春"的衰败，很大程度上不是败在商业竞争，而是败在"孔凤春"当家人对时局、时政和时代变化的麻木上。1927年的杭州已经结束了军阀统治，新时期已经开始，但年届七十的"孔凤春"老板孔继荣忽发官兴，便通过他的好友，著名吴兴陈氏家族的陈其采（即前面介绍过的杭城名宅丁家花园的主人，时任浙江省财政厅厅长），谋得一个萧山茧捐局局长的官职。70岁的孔局长当然是不可能在任上勤勉尽责的，他不过是沿袭从前的富商们捐个官衔来荣耀门庭的那套老观念行事罢了。这便任由他的助手横行，按从前捐局的腐败陋习大肆向商人索贿，引发乡民纷纷检举。

◎杭州老字号面馆奎元馆的广告。老杭州还有张小泉、王星记、都锦生、孔凤春、边福茂等老字号，这些老字号名声很大，赚钱可不多，与其说是产业，毋宁说是一种文化

这点事，摆在清末或许不算什么。但刚刚由北伐革命的胜利带来的新政权，毕竟还是有点新气象的。省政府特设特别法庭受理此案，结果判了孔继荣十年徒刑。孔某后来死在狱中，"孔凤春"经受的打击可想而知。

好在，毕竟还是有些老字号的当家人是在努力顺应时代潮流的，譬如"张允升"转向百货业，"蒋广昌"转向金融业。"蒋广昌"并没有丢掉老生意丝绸，却在企业经营管理的诸多方面求新求变，一边扩大工场规模，买来当时最好的织机，一边又选派人员出国学习先进技术，赞助官方兴办蚕桑学校。尽管总起来看老杭州的丝绸业是在慢慢走向衰落，但它还是几经回光返照，一直支撑到抗战前夕，为老杭州的产业更新赢得了时间。

还有一种顺应新潮的做法，也让老杭州的传统产业有了一点新气象。博览会、商品展示会一类的现代商贸手段，传到中国来还不几年，杭州老字号们便已经利用它了。继1910年在南洋劝业会上获奖之后，张小泉剪刀又于1915年获得巴拿马万国博览会金奖。1926年，都锦生的一幅唐伯虎古画织锦《宫妃夜游图》，又获得美国费城博览会金奖。这些杭州传统产品的国际获奖，虽然并不能给杭州经济带来多大收益，却直接启发了地方当局的一个新思路：举办一个博览会，以此刺激经济增长。

西湖博览会

洋人搞博览会，始于1798年的拿破仑法国。1876年美国为纪念国家独立百年，举办了费城博览会，至1893年又为了纪念哥伦布发现美洲400周年而举办了芝加哥博览会。1900年的巴黎博览会，则空前盛大，新奇商品充斥，各国首脑云集……

中国办的博览会,最早的是1909年的武汉奖进会暨直隶展览会。而规模最大的要算第二年办的南洋劝业会了。接下来,在1921、1922、1923和1928年,在上海举办了四届国货展览会。杭州于1929年举办的西湖博览会,则是至那时为止国内博览会中规模、声势最大的一个。毕竟,说到办这个博览会的目的,官方拟定的"缘起"中是这么说的:

> 西湖为天下名胜,凡游览西湖者,莫不顿起爱慕之心。此次博览会,借以征集全国著名物产陈列,供国人研究比较,冠以西湖名称,并即在西湖开会,是欲使天下人移爱慕西湖之心爱慕国产,则国产之发达,正未可限量。

也就是说,西湖博览会不只是为杭产、省产,而是为整个的"国产"做宣传的。有胸怀,够气魄吧?

为充实博览会展出物品的内容及便利征集起见,筹备委员会达在安徽、湖北、上海及浙江省内75个市、县、镇设立"西湖博览会筹备委员会分会"。又在苏州、无锡、常州、镇江诸城以及安南(今越南)南圻、爪哇(今印度尼西亚)万隆等地同时设立征集西湖博览会出口委员会。为此，参加筹备的人员先后达数千人。

博览会会址选在孤山与里西湖一带，包括断桥、孤山、岳王庙、北山、宝石山麓与葛岭沿湖地区，周长4公里，面积约5平方公里，大门设在白堤的断桥堍首。博览会设八个展馆、两个陈列所和三个特别处，展出物品共计14.76万件。展品以国产为主，在参考陈列室中陈列着外国物品，便于与国产相互比较。八个展馆分别是：（一）革命纪念馆。展出革命历程种种可资纪念的文献和实物，以期作为整个博览会的精神先导。（二）博物馆。旨在扩大民众眼界，普及自然科学，展品来自各省和国内各大学的博物馆、动物园、昆虫局、研究所等部门。（三）艺术馆。展出古今书画、汉绿釉壶、刺绣、金石、牙刻、秦砖、汉瓦、青铜器具、工艺品、摄影、广告等列朝各种文物精品数千件，上自商、汉，下迄现代，洋洋大观。（四）农业馆。为谋民生之解决，求民食之充裕，搜罗全国农产，取长补短，以求得农业之发展与改良。几万件陈列品之外，还建有花台、桑园、竹棚、温室、喷水池、禽笼等，为参观者作种种农事的示范，颇富田园情趣。（五）教育馆。展示教育行政、教材、器材、成果等，以期引起国人对现代教育的兴趣与重视。（六）卫生馆。旨在增进民众卫生意识，改善国民体格，一洗"东亚病夫"之耻。（七）丝绸馆。丝绸为浙江省出产之大宗，也是我国出产物品的精华，专辟丝绸馆是情理之中的事。丝绸之外还包罗了其他纺织品。

（八）工业馆。从重工、机械到烟酒、粮油无所不包，充分展示了当时的"国货"、"国产"。

两个陈列所之一是特种陈列所。凡不属上述八馆范围之内而于建设上有重要关系的物品都列入这里，如各省的沿革、土地、气象、户口、交通、财政、民权、司法、军备、外交等种种表册，各种军舰、商轮、车辆、飞机、枪炮等的模型，钱谱、印花票、簿记、钞票、货币、邮票、证书、奖状、徽章、舆图等种种图样，迷信风俗、惨案、侨民生活、工厂、监狱及古迹名胜写真等等。其二为参考陈列所。外国原料、设备，凡对本国建设有参考意义的，无不广为征求，分别陈列，以供我国制造商观摩、借鉴。

西湖博览会还征集了会歌，歌词由南京中央大学教授、大词曲家吴瞿安所作：

> 熏风吹暖水云乡，货殖尽登场，南金东箭西湖宝，齐点缀锦绣钱塘。喧动六朝车马，欣看万里梯航，明湖此夕发华光。人物果丰穰，吴山还我中原地，同消受桂子荷香，奏遍鱼龙曼衍，原来根本农桑。

整首歌词共76个字,加上标点符号为88个字。据说,吴瞿安写好这首歌词,送给张静江省长过目,深得张的赞赏,亲自批条子"送稿酬一千元",并派人专程送到南京。这也许是中国自古以来最高的稿酬了。当时上海的小报竞载此事,说会歌的全文仅76个字,计算起来,每个字的稿酬是10.3元。那时报馆给作者的稿酬非常微薄,这便不免引出报馆秀才们的满腹牢骚。

会期临近,不仅杭人,即使在杭州以外的许多人也在关注着西湖博览会。上海的报界派出了庞大的记者团,甚至美国记者也来了不少。那时才29岁,刚出名不久的女作家冰心,本人并没有到杭州来参观西湖博览会,却专为博览会的《七七与国货特刊》写了一篇题为《时装表演与国货》的文章,建议在西湖博览会期间搞一个时装表演会。她是刚留过洋的,见多识广,说是外国人搞推销,除掉广告以外,还作种种实际运动向人们展示。"鄙人在浙言浙,浙江工商业首推丝绸。对于丝绸的运动上,应当开一个时装表演大会,请本地之名媛闺秀莅场表演,其衣装即以出品中之丝绸为主,副装品如鞋袜手帕扇子等等,均以本国货为限。如此,不但为国货运动周中生色,简直使丝绸可以增销不少呢。"

可惜她这个建议提得迟了一点,"西博会"的国货运动

◎西湖博览会于1929年6月6日下午两点正式开幕,各省市代表和来宾数百人、观众十万余,参加了开幕式典礼

周已过,不然杭州人不知该是提前了多少年就有得看时装表演了。

  酝酿已久的西湖博览会于1929年6月6日下午两点正式开幕。国民党中央政府代表孔祥熙,中央党部代表朱家骅,中央委员林森、褚民谊,行政院代表蒋梦麟,监察院院长蔡元培,浙江省主席张人杰以及南京各部、各省、各市代表和来宾数百人、观众十万余,参加了开幕式典礼。国民党中央委员林森升旗,国府代表孔祥熙行启门礼。各馆所也同时鸣炮五分钟,又各燃爆竹万响,然后正式启门,来宾由军乐队前导鱼贯入场。当晚,在西湖上举行了盛大的水陆提灯大会,并放焰火。据博览会报告书记载,

  大礼堂、音乐亭及各游艺场所,莫不弦管嗷嘈,繁音迭奏。满湖灯船,欢歌四起,亦相应和。同时各馆所及环湖堤岸,华灯万盏,尽放光明。火树银花,光争皎月。洵吾浙旷代之盛大典,湖山空前之嘉会也。

◎西湖博览会桥。杭州于1929年举办西湖博览会,是至那时为止国内博览会中规模、声势最大的一个

那个夏天真让杭州人兴奋、刺激、大开眼界。许多人头一回见识了抽水马桶这类新玩意儿。西湖博览会虽是本着促进本国、本省经济的目的，却也搞成了一个用今天的话说是"树文明新风"的大型活动。那时中国社会的最大痼疾之一是吸毒，为铲除此恶习，博览会期间大行拒毒教育，不仅卫生馆专辟一室宣传禁毒，还召开了杭州各界拒毒运动宣传大会，马寅初等学者作了讲演。

博览会期间还举办了多种体育竞赛，乒乓球、攀登、棋类、男女分组的自行车赛，等等。还有各种时新而无伤大雅的游艺活动，分别安排在为博览会特建的大剧场、跳舞厅、音乐亭、百艺园、迷魂阵、国乐社、跑冰场等场馆。西湖边地方不大，跑马不得，却不妨跑驴，就在宝石山腰辟出四亩地做了跑驴场，好让游客策

◎1929年，西湖博览会设在北山街多子塔院的第一电影场，即西湖电影院

驴奔跑，就当是在跑马了。

但有一件事，可谓乐极生悲：博览会期间每周三、周日两晚要燃放屯溪焰火。屯溪来的焰火技师就在昭庆寺内每日制造，以供会场之用。7月28日下午5点左右，正做着的焰火不慎走火，一时烈焰冲天，扑救不及。足足烧了两个小时，昭庆寺的万寿戒坛的七大间房屋全部焚毁，庄严佛像，悉成灰烬。清理现场时，发现两名屯溪帮工被烧死，变为焦土两堆。

但总的来说，1929年的西湖博览会还是非常成功的，并且对杭州未来的发展影响深远。那是71年前的情形。

◎博览会大门

71年后，2000年10月间，杭州市又将举办第二次西湖博览会。

摩登时代

杭州人在那年夏天真的是大开眼界。至少，西湖博览会的举办直接促进了老杭州的市政建设。不仅是为举办博览会兴建了各种馆所和附属建筑物，也不仅是在市区和西湖沿岸修筑了一系列道路，还由博览会的刺激，带动了杭城的电力和自来水建设。

从辛亥革命的前一年起杭州就开始有了电灯。但那时独此一家的"大有利电灯公司"总装机容量仅只750千瓦，按今天我们使用的家用电器来算，全杭州的电力只够750台单匹空调或者差不多数目的冰箱运转。不过很快地，在西湖博览会的3年之后，即到了1932年，杭城电力不仅已经新增艮山电厂的5100千瓦，还新建成总容量15000千瓦的闸口电厂。

一向是靠井水维持的杭州，大多数市区房屋是木结构的，一旦发生火灾很难迅速扑灭，造成损失极为惨重。自来水厂的筹建始于1928年，差不多是和西湖博览会的筹备同时开始。在清泰门外贴沙河选定厂址，至1931年1月建成，7月开始供水。

项目最大，也是最出名的建设，要算1934年动工兴建的钱塘江大桥了。时人登六和塔，俯瞰钱塘江和这座大桥，觉得它是那么优雅、简洁而壮美。那以后，直到今天，六和塔身后横过大桥，是两三种杭州形象、景观的标志性图像之一。

1920—1930年代的杭州，一波接一波地大兴土木。疏浚了城区的几条老河道，同时又开凿了几条新河道。西湖风景区的一些古迹被修缮一新，保俶塔被加固，原先很陡峭的断桥、锦带桥和西泠桥的桥面被放低，改造成缓坡，

◎六和塔，始建于北宋开宝三年（970），紧邻钱塘江大桥，著名的观潮胜地

◎直到今天，六和塔身后横过大桥，是杭州形象、景观的标志性图像之一

好让汽车开过桥开到白堤上去。这件事在当年颇受非议，文人、名流大加嘲讽，认为把洋汽车开到白堤上有损西湖古朴风光。黄包车夫们也闹了一阵，抗议市政当局这样改桥是让汽车公司砸了他们的饭碗。在此之前，西湖周围的陆路交通工具，既有北方人养马出租，供富绅子弟沿湖乘骑，也有本地人开的20多家轿行约莫200余乘黑色小轿和藤轿，供有钱人上山探洞代步，还有黄包车400多辆满城满巷地拉载顾客。公共汽车这种新事物一登场，顿时让传统生意感到威胁。但闹归闹，桥还是改平了，杭城第一家经营公共汽车的永华公司，还是在1922年把汽车开过了断桥那边去。

前面讲到过西湖周边有那么多漂亮房子，它们大多数是在1920年代造的。大兴土木带动了投资和就业，杭城经济受到刺激。随着旅游时尚的兴起，杭城的旅馆业、餐饮业、娱乐业和公共交通等一系列相关产业都大大扩张。

西湖上出现了私人游艇，照徐志摩的说法，"在三尺的柔波里兴风作浪"。

◎ 1929年，杭州湖滨公共汽车。公共汽车这种新事物一登场，顿时让传统生意感到威胁。杭城第一家经营公共汽车的永华公司，在1922年把汽车开到了断桥那边去

老杭州最高档的宾馆1922年出现在西湖边葛岭下。这家新新饭店住过许多国民党大员和各界名流，而且在1936年西安事变后，曾经是陈布雷写作《西安蒙难记》的地方。

延龄路上办起了一座在当时堪称巨无霸的"大世界"娱乐城，其范围包括了现在的西湖电影院和东坡剧院，那里面从传统的吃喝嫖赌戏文说唱到现代的电影、西洋镜、手摇活动画片、肺量气泵等游戏机无所不有。

在1927年至1937年的短短10年里，老杭州竟有70多种报纸先后问世。寿命不长，却前赴后继，是那个时代中国报业的普遍现象。你固然可以从独裁政治方面找到原因，却也不妨把这看作一种民间力量的活力、活跃，那样前赴后继，坚忍不拔。今天被查封了，明天改个名称又冒了出来。

官办和民办的体育赛事日渐频繁，许多年轻人开始从这项那项"冠军"头衔而非从前的几品官衔得到乐趣。竞赛活动进而扩展到其他方面，文明礼仪啦，卫生知识啦，都可能让你得奖夺冠。

洒水车这种新玩意儿每天午后缓缓往返于湖滨至岳坟的街道。而在这段游人最多的西湖边上，几乎天天可以看见穿着学生装的文静女子在写生。从她们身旁路过的，则

◎黄宾虹在西湖边写生

是穿西装、旗袍甚或马裤、短裙的摩登男女。老杭州那些守旧的人不禁哀叹说,西湖边上的这类妖精,看来是比和尚还多了!

但大多数杭州人是喜欢赶时髦的。杭州话里有个"杭儿风"的自嘲,说的就是我们杭州人有个一窝蜂赶时髦的老毛病,改也改不掉。

人文兴衰

当然,从那时留下的许多照片中我们可以看得很明白,老杭州城区的大片地区街道狭窄,房屋低矮,店铺破败。但西湖周边却是一派簇新,或典雅,或摩登。约莫旧时杭城的全部洒水车都只往这里开,环卫工人也主要是在西湖这里用劲。旧杭州的财政支出,恐怕多半是花费在给西湖梳妆打扮上了。西湖的确是杭州的脸面,可以理解。

还有一张个人的脸面,历来很让杭州人看重,那就是受教育,有文化,知书达理,有一技之长,好为国家、社会做点事情。

浙人素有兴教办学的传统。在老杭州,教师、读书人地位很高,是可以归入"上流社会"的。前面讲过的杭州横河桥下的许家,"七子登科",很荣耀了门庭。我读过的一大堆《杭州文史资料》,几乎册册都有旧时杭州教育的内容。什么人在哪年、何处办了一所什么学校,杭州人似乎特别记得住这种事情。光绪二十二年(1896),杭州来了一位新知府,名叫林启,留下了很好的口碑,就是因为他创办了求是书院,亦即浙江大学的前身,邵飘萍、陈独秀、许寿裳等等,都是求是书院教出来的。我前面说过杭州不是上演轰轰烈烈国家大事的舞台,但忘了补充一句,就是那许多后来出尽风头的"大演员",当初是从杭州的学校学成之后出去闯天下的。

◎杭州女子放足会,旨在改变缠足这种严重侵害女性身心健康的封建陋习,让"小脚一双、眼泪一缸"的俗语成为历史

说起办学这类事,光绪三十年(1904)杭州城里还闹出过一桩人命案子,舆论沸腾,惊动了京师。那时还是满人统治,好不容易慈禧太后开恩允准地方办女子学堂,杭城的开明士绅们赶紧办起一所公立女校。当时有位名叫惠兴的满族女子报名求学,却因办学者意欲宣传革命,排斥满人而遭拒绝。这位孀居的少妇明白了汉人的自强之志,更为她的满族同胞八旗子弟们的不争气而担心,便想自办学校,取名"贞文",定了校址,造了房子,把学生也招了,却不承想当初答应她出资的那些同胞又变卦。无奈之际,惠兴女士动了以死谏唤起满人自救之心,在这年的11

月25日这天早晨,服下大量鸦片之后,来到镇浙将军的署前递交了一份绝命书。她就这样死了。一个女子,为了办学,死得如此壮烈,大识大勇,教人好不钦佩!那将军便同浙抚联名上奏朝廷表彰这女子,然后奉旨建坊。当时北京有众伶为惠兴殉学义演,得款二千元,浙抚衙门再拨出一些,就这样建起了学校,改名惠兴小学。后来辛亥革命成功,满人的校舍、地皮及基金一概没收。此举颇遭非议,于是汤寿潜、蔡元培等人联名为其申诉,称五族即告共和,对于具有可资标榜之女学,不应歧视,要求复校,归还财产。

◎1904年,杭州女学校(现为杭州第十四中学)开校合影。这是杭州历史上第一所由中国人创办的女子学校。1912年,改为浙江省立女子师范学校

老杭州但凡有点文化的市民，说起这些来头头是道，如数家珍：后来那么出名的宗文中学，是从清代中叶一位嘉兴人周补年创办的宗文义塾演变而来；光绪二十八年（1902）上海实业家胡趾祥在杭城葵巷办了安定学堂，因办学有方，遂有"上海叶澄衷，杭州胡安定"的美誉；至于另一所名校私立树范中学，那全靠邵力子、邵裴子他们一班人出了大力；早在同治六年（1867），美国传教士们就在天水桥那里办起了杭城第一所教会女校"贞才"，后来又在大塔儿巷和珍珠巷先后办了"育才"和"蕙兰"，再后来又怎样把这三所教会小学合并成了"弘道女中"……所有这些名人、名校，"老杭州"们都还记得。

老杭州不仅是山水秀美和物质繁华的"东南第一州"，也曾经是人文学术辉煌灿烂的一块胜地。全中国多少个天才少年曾经是千里迢迢来杭求学，老杭州多少个书院曾经是济济一堂会聚着四海学子……

然而，正如前面"城与湖"里说过，1920年代杭州的城与湖、人与自然之间出现了裂隙那样，正当杭州的经济和建设进入10年"黄金期"的时候，这座古城的人文风光和学术地位却开始黯淡、没落。大师们在1920年代后期纷纷离去，昔日胜地渐渐地缺少了学术偶像。在自然科学或谓理工科方面，或许还有浙江大学的实力足以支撑，但无须讳言，在人文学术方面，杭州的地位已被上海取代。

大概是因为杭州太平静了。而那个时代的前卫知识分子，更有出息的那一批，几乎个个都是内心里充满着躁动、愤怒和憧憬。那是一个时代的精神状态。当学术和政治不能达成一种平衡的时代，上海更合他们的胃口。

而且上海有西方各国的租界，在日本侵华到1941年冬天太平洋战争爆发这4年里，上海的租界庇护了他们，这一大批文化界的国宝，在那里继续大张旗鼓，频吹号角……

黯淡岁月

终于，日本人打来，老杭州落难了。自那以后的12年，杭州一蹶不振，几乎没有任何事物可资夸耀。有的只是抗战胜利那会儿，人们欢天喜地了一阵。却很快，又被国共内战以及由此带来的饥饿、动乱折磨了4年。

没有人再往杭州来投钱办工厂、造房子了。也没有哪位大师再来杭州招纳弟子了。富人都逃光，卷带走他们的财富，逃到了上海，逃到了香港，逃到了美国……

西湖不见了游客。游客都换成了难民。

西湖还受到了凌辱。玉泉的观赏鱼，被煮熟了摆上占领者的宴席。那座秀美的汪庄，成了日本大兵养马的场地。

我猜想，那些年，甚至和尚也比从前少了许多。

蚊子倒是更多了，因为西湖边的荒草长得很高。

这样的岁月，时间显得非常漫长。

直到有一天，1949年5月3日，解放军开进杭州，结束了那个时代。那以后的杭州，我们通常就说是新杭州了。

江南旧事

白铁师傅

那种镀了锌,看上去亮晃晃的铁皮,叫作白铁皮。有的薄些,有的厚些,都是用来制作这样那样器具的。

敲白铁皮是个不新不旧的行当,年轻时候我也做过。我当年主要是做修汽车的活儿。但汽车不是每天得修。空闲下来,就剪块白铁皮敲敲焊焊,给公家的食堂做把水舀子什么的。记得那时的想法是,比起更原始的木匠、泥水、打箍的、刷油漆的等来,我们敲白铁皮,同金属打交道,还算是比较工业化的,因而自我感觉也是比较新兴的。

可如今,已经没有多少人还惦记着这行当,它成了往日百姓生活的一个遗迹。眼下在我们的城市里,仍旧在敲着白铁皮,仍旧是吃这碗饭的,恐怕所剩无几,你能碰着一个是一个了。

他还像从前那样干活，做法、工具都几乎没有什么改进。还是早先的铁皮剪刀、木榔头、火烙铁……可这就已经够用了，加上大半辈子的经验，甚至还能加上一点平面几何的知识。中国的能工巧匠们很早就知道圆周率了。

譬如这会儿要做的是个提水的铁桶，他得先做剪裁，量量桶有多高，直径是多大，然后像用圆规那样在白铁皮上画出一个桶底，当然得放出用来卷边的一截。再就是用上他的铁皮剪刀了，就像裁缝师傅剪裁布料。最需要耐心和手艺的是卷边的活儿，在一块铁砧上用木榔头慢慢地轻敲，将铁皮的边缘一点一点地翻卷上去，最终将桶身和桶底牢牢咬合成一体，如同裁缝用针线将衣裳的前片后片缝合起来一样。

水桶是很吃分量的，光这样咬接起来还不行，还得在接缝处用焊锡焊住。

别嫌他仍在用很原始的火烙铁，在炉火中烧得通红。虽说比不上通常的电烙铁方便，可温度更高，做锡焊更管用。

他费好大劲，好不容易做成的一个铁皮水桶，不过就是用来提水的。而人家那里，用注塑机只几秒钟就能做出一个派同样用场的塑料水桶来。

而且，如果是做一只淘米用的淘箩，他还得在做好这一切之后，再用一枚钉子在淘笊里面敲扎，按一定的间距，逐一扎出几百个小洞眼，布满笊身、笊底。这可更费时、费劲了。

但淘笊这东西如今也有塑料做的。还有水舀、漏斗、勺子、浇花的喷壶等等，都有塑料制品，也都同样是注塑喷嘴往模子里那么来一下，就把白铁师傅的偌多辛苦抵消了。

铺子里活儿冷清，他只好出门去找生意。满街兜寻，工夫都花在了走路上。只难得揽着个把节俭成癖的老太太，付很少一点钱请他给补补水壶，或者索性换个壶底。

而大多数的人家是把漏了的水壶之类一扔了之。这是现代人过生活的现代过法。

如今已经不被需求的白铁师傅们，还能支撑多久？

虽然我们从前是靠他们给敲打出满满一厨房的家什。

棒冰棒

说出来不怕你笑话,小时候我常捡棒冰棒儿。

不光是我,也不光是捡棒冰棒。许多同龄人,男也罢,女也罢,小时候都有过捡烟壳、捡糖纸、捡汽车票、捡棒冰棒、捡汽水瓶盖等经历。

这些都是捡来当玩意儿的。那时候我们可没觉得是些破烂。

还记得从前我们这城里卖的那几种棒冰吧?三分钱的白糖棒冰、四分钱的赤豆棒冰、五分钱的奶油棒冰,还有后来的一种也是五分钱的麻酱棒冰……

棒冰的棒儿都是竹的,削成四方棱面条般粗细,小孩小手的一拃长短。无论几分钱的棒冰,全都是一样的棒儿,夏天里被扔得到处是。地上捡的棒冰棒儿当然很脏,可我们觉得好玩,满街地寻捡,回家去洗洗干净,就是我们那时候的游戏棒了。每个孩子手里都有这么一把，输赢就有得玩了。这既是当筹码的，又更是游戏本身的用具。从前的小孩游戏总是这么经济、紧凑。

棒冰棒的常见玩法，就像现在的小孩们玩塑料游戏棒一样（或者不如说现在的塑料棒游戏是从我们儿时的棒冰棒学来的）。三五个孩子聚一堆，每人先从自己的那一把里拿出十根八根，几份合在一起也是一大把了。在一张桌子上，或者任何比较平整的台面上，握着这把棒儿立直垛齐，一撒手，让它们自然散落，撒成这横七竖八的一堆。然后，参加者按先后次序，拿另一根特选的棒儿，将这堆乱棒儿一一挑开。

他得把架在上边的这根轻轻挑起，小心撩开，彻底脱离了棒堆——这根就算他赢得了，可以归入他手里的那把。

可这并不容易，在他挑开这根棒儿时，下边的那些不得有半点儿触动。边上有这么多眼睛在盯着哩！

那些眼睛倒常常是很公正的：你真有本事挑出一根高难度的来，它们都会自发流露出一阵钦佩。

而若水平不够，触动了下边的棒儿，你就算输了，让下一位从头开始。重新撸起这把棒儿，重又撒开一堆……

这游戏男女皆宜，而且依我看来，通常是女孩比男孩玩得更好。她们更耐心，更仔细，成功率就更高些。而一旦玩灵巧的耐心不够了，男孩们就索性拿棒冰棒儿玩些简单、粗犷的把戏。

譬如把棒儿搁在桌沿边，露出那么一小截，用手指猛一叩，将这棒儿蹦弹出去。每人来这么一下，看谁的棒儿弹得远，谁就有资格拿自己的投吃别人的，投准了就算吃进了。

要是还嫌麻烦，还有更"粗暴"的，干脆拿棒儿的一端去猛击墙壁，比比谁反弹回来的远。远的吃近的，总是这套路。

但愿男孩们长大了，凡事能多点儿心灵上的细巧，别再是这么一味粗拙的套路。

包裹纸

还记得吗，从前去腌腊店买一块咸肉，店家是拿什么给你包裹那咸肉的？

当然眼下都是用塑料袋了。前些天，我妻子不知从哪买回来一些她说是小时候从没吃畅快的传统糕点，说要和我一起解解儿时的馋瘾，麻酥糖啦，云片糕啦，椒桃片啦……就连这些，也都是用塑料纸裹着。

可她应该知道，真正让我有馋瘾的，是儿时那些用很薄的白纸包着的麻酥糖、云片糕、椒桃片。白纸上印着红字，而且是竖排的楷体字，扁扁的……

还有零买的香糕，用很厚的粗草纸打成方包，再用也是纸搓的绳子扎起来。或者索性卷个纸筒盛着，捧在手上边走边吃。很土气，但也更正宗。

腌腊店里用上蜡的纸包咸肉，中药铺则直到如今还用从前那种薄牛皮纸包裹药材,这些都还是各有讲究,想想看还蛮有道理的呢。用吸水性很好的元书纸包茶叶,是为防潮,而且竹料的纸茶叶不怕它串味。至于卖炒货的小贩,用旧报纸包南瓜子、茴香豆之类,当然是因为他们的小本生意,不得不考虑到包装成本的便宜。横竖包东西的纸并不能当东西吃。所以都是很廉价的纸。所以都是白白光光不加修饰的。那时的消费者,不会因为商品的包装不漂亮而不买它们。从前是过穷日子,钱总是花在要紧地方,眼睛也总是盯着那张纸的里边包裹着的东西。我妈那时常教导我要"会过日子",我体会那意思就是说要过得朴素,重实质不重外表。

这倒也不是说,从前的人只顾实惠,毫不在乎生活的美观和情趣。在另外一些事情上,其实从前的人也会尽可能地修饰、装点他们的生活。小学生总是想尽办法弄到漂亮的画报纸来包他们的课本。老太太给孙儿们的压岁钱,也总是要弄张红纸包起来。即使是更讲实际的家庭主妇,譬如我妈,也总是在过年给一家人分糖果的时候,不忘了糊几个漂亮的纸袋来盛着,好让它们显得很不寻常,是被裹在了节日的滋味里。

再回过头来说我妻子的那些糕点。说实在的,如今的新兴食品样样都比椒桃片之类可口多了。为啥还吃这个?

我当时隔着透明的塑料纸看着它们，心想，要是还像从前那样包装，我是不是就有了回顾的理由？虽然口感不怎么样，但起码，用那种粗草纸包的香糕，捧在手里，手感一定很好。

这只是我一厢情愿。而眼下在商店里看到的无论什么食品，吃的、喝的，几乎都是用塑料袋包装了。而且大都印制得颇费功夫，竭尽花哨之能事，常让我站在货架前踌躇良久，吃不准该买哪种哪样。大家都打扮得漂亮，看起来就横竖是一样丑俊。横竖是要让塑料袋赚我们一些钱去。横竖是塑料包裹了一切。

我猜想，全世界已经用过的和正在用着的塑料袋，加在一起，足够把整个地球都包装起来。或者，把世界切割成一小块一小块地装进塑料袋里，每人一袋，让大家拎着走？

贝铃车

如今我们都是在自行车上挂一个煤气瓶,这样来搬运我们的家用燃料。可从前,自行车还是个稀罕物,很少人家买得起。小时候的我是用肩膀扛米,和父亲用杠子抬煤。我人小走前面,杠绳也多让我些。在有这样那样的车子之前,肩膀和双脚也很管用。

不过,街坊邻居里,有些人家那时就开始用上车子了。当然是很简陋的车子,简陋到直接把四个滚珠轴承当轮子用,安到两根平行的木棍上,然后钉上几块板条。上边能搁住东西,下边的轮子能够滚动——尽管走在大街小巷一路嘎啦嘎啦吵煞人——这就够了,就是那时候杭州城里的一些人家用来买米搬煤的轴承车了,系根绳索在前头拉着走,或者再多费些功夫做上扶把,后边推也行。用江浙人方言化的英文谐音,我们管它叫"贝铃车"。

这也已经算是进步了。钢制的轴承代替了更早以前的木头轮子，多少是有点儿工业化了。人们过什么样的日子，就会想出什么样的办法来对付。

可也别以为这车子仅仅只当搬运东西用。除了卖棒冰的小贩，其他人家，并不是每天都买米、买煤。让它闲着不用的时候居多。或者，讲得更仔细点，当年的那些轴承车，多数时候实在是男孩们的一件玩具。

男孩们，好像天生就是"车迷"。他们现在衣冠楚楚，迷的是汽车、摩托车。而在他们还不太揩得净鼻子下边那块地方的时候，一部嘎嘎响的"贝铃车"，就是他们最向往的。那通常会让拥有它的那个家伙立刻神气起来。鼻子下边也清爽多了。那家伙要是肯让我乘一圈他的车子，感觉上我是欠了他很多情的。整个儿时，我始终没能得到一部自己的"贝铃车"，欠伙伴们的情之多就可想而知了。

"贝铃车"自己没有动力，在平路上跑，要么拉要么推，总得有个人出力，另一个才好乘车。我俩就轮换做乘客和脚夫。不过我做脚夫多些，通常的比例是他推一圈我推两圈。这也合理，既然他是资方，我就应该多出些劳力。推他两圈，赚回来的是自己能乘上一圈。

若能利用一段坡道，让"贝铃车"自己顺势往下滑行，我们就都轻松了。那样还玩得更来劲，更精彩。"贝铃车"

也从四个轮子的变成三个轮子了。前面的那个轮子最好稍大些，安在一根活动的木轴上，等于是个手柄，让坐在车上的人可以用右手自如地推上、扳下，操纵他的"贝铃车"任意转向。甚至还有刹车，如同一根有支点的杠杆安在车身左侧。"贝铃车"往坡下冲去，越冲越快，没有刹车杆是要闯祸的。而左手扳起这根木条，它的下端就摩擦路面，减缓车速了。

冲下了坡，到了平路上，"贝铃车"又不走了。再想乘它一趟，就得背起它，往山坡上再走一遭。这算是自己给自己打工。

绷绷线

一根三尺长的绳线，打结成圈，套在掌上，任你钩挑，可以变出许多花样……

但是，到底有多少花样？

小时候，玩这种我们称作"绷绷线"的游戏，总是令我充满疑虑，吃不准下一个是新花样呢，还是又变回来了。

每个花样都有它的名称，从最简单的"筷子"到比较复杂的"降落伞"，以及"方块"、"茅坑"、"蜘蛛网"……仿佛是无穷无尽。

但既是游戏，也总有一定之规。你若是个老手，套路很熟，则无论怎样变来变去，你总能把绷绷线上的花样变回到原来的那些"筷子"、"茅坑"、"蜘蛛网"。上下钩结，对称挑转，沿用你那个套路，花样周而复始，则也是没完没了……

不过有时候，被我从对方手上挑过来的绷绷线，也会出现一个完全出乎我意料的花样，一种无名的情状!

而对方也无从知道，再往下挑，又会是个什么情形。

如若钩挑不当，散了结，绷绷线散成为死局，他就输了。要想再玩就得重新起头。

因此，每个下一步都可能是个陷阱。

但也可能是个奇迹——先前不曾料想到的新款，瞎蒙瞎撞的发明，让我们自己都不知如何是好的创造。

真的，小时候的种种玩意儿里，绷绷线最让我感到迷惑了。我不知道，恐怕也没有人曾经弄清楚过，简简单单的这么一根绳线上，究竟潜藏着多少种花样的可能性?

或者说，多少个奇迹和多少个陷阱?

当然我没有弄错，绷绷线游戏主要是女孩子玩的，虽然男孩们对此也有好奇心。尤其是当他们生病卧床，玩不了伙伴们的淘气把戏，撒野不成的时候，也只得陪女孩们玩了。但在绷绷线上的男孩终究是过客。绷绷线上的天地终究是属于女人。

女人的智慧和女人的神秘，在绷绷线上层出不穷。

印象中，小时候女孩们的游戏，好像一多半是和针线有关。系扎，钩结，编织，仿佛世界就在这指缝间一点点地开始有了形状……

如今每当我看到女人织毛线，或者缝衣裳，或者订被子，我就想，她小时候，必定也玩过绷绷线。

还有绣花，织布，钩花边，结渔网，编竹篮，扎草席……

那些女人，也都有过小时候。老太太也是从小姑娘来的。

那些把团团丝线、棉线或者毛线，凭空织出无限多的美丽花样的棒针，当初也就是挑绷绷线的手指。

猜冬猜

投一枚硬币在地,看它朝上的是哪一面,由此决出张三李四的胜负。或者,一个人跟自己打赌,靠投硬币来拿定主意。这一手,全世界都流行,是最简便的赌输赢了。

可这并不有趣。非此即彼,横竖横的不拐弯儿。

小时候的我们,更喜欢一种有点回旋余地的猜拳:彼此都从背后掏出手来,做成三种手势中的一种,或捏拳,或摊掌,或伸开两指作剪刀状。杭州话把这念作"寻中帮"。上海话,浙北的吴语,叫作"猜冬猜"。

任何时候,孩子们都可能用"寻中帮"的办法来决定他们之间的胜负、优劣、先后。譬如说,有一对哥俩,老大要么老二,总得有一个,该去替阿爸买老酒了。谁去呢?老大支老二,老二又推老大。结果就是"寻中帮"。

这么干,可以动动脑子,甚至还可以耍耍赖皮。每一回合，我都得揣摩他会出哪招。而在出手的一瞬间，我也可能比他慢了半拍，以便见机行事。就算是耍点赖皮，也得脑子有很快的反应。还记得小时候的一个街坊孩子，我们谁都玩不过他，十回里总有七八回是他把我砸了，破了。

那时的女孩们，好像觉得男孩们的猜拳不太雅观，通常就改为用脚跳的"穹仄帕"（杭州话读音）。并脚的"穹"相当于捏拳，两脚前后的"仄"等于伸指，左右立开的"帕"，就是摊掌了。

甚至，外国的小孩也有玩这游戏的。英语里有三个连读的词，意思直译过来，就是"石头、剪刀、布"。

这可比投硬币有点想象力了：石头（捏拳）能砸剪刀，剪刀（伸指）能剪布，布（摊掌）能包住石头。或者倒过来说，布让剪刀剪了，剪刀让石头砸了，石头让布包了，这也行。反正是胜负之间循环一圈，大家都摆平了。就像从前一句老话说的，一物降一物。在这个胜负连环套里，多少有了点儿游戏的道理，游戏的智慧，或者也不妨说是游戏的狡猾。

连环套，起码是个三角关系。有三个角，才可以逛一圈，兜回来。

当然也可以环节更多，更大模大样地逛上一圈，就像那时候杭州孩子都晓得有个连环套童谣是这样唱的：

猎人背洋枪／洋枪打老虎／老虎吃小孩／小孩抱公鸡／公鸡啄蜜蜂／蜜蜂刺猎人／猎人背洋枪／洋枪打老虎……

现在想来，世界也就是这么一大圈。

抽陀螺

现在的孩子差远了。我们那时候,男孩们个个成精,真能想出好主意来玩。

就说陀螺这回事,说穿了,不过是块木头,却要让它满地打转。这还不算,还要让它转得有趣,转出个名堂,甚至是表演特技——最起码,男孩们的头脑里得先有点好玩的想法,是吧?

用这块木头做成陀螺倒不费事,只是木头要尽量选得合适。最好是硬木的,经得起抽打和碰撞。而要是这块硬木碰巧又是才砍下不久的,带点潮湿的,那就更好了,用它做的陀螺就有点重量,转起来更多惯性,而且制作时拿刀削它也容易一些。

虽说从前店里也有卖的,但我们那时都是自己动手做陀螺,既省钱,还称心,爱做多大做多大,想要它是什么样子就做成什么样子。就像削铅笔那样，把木头的一端削尖呈锥状，顶上再安颗钢珠。陀螺就是靠这钢珠接触地面，支撑着它的旋转。

另外还得有根抽陀螺的鞭子，两尺长的鞭竿和更长些的鞭索。起初用它盘住陀螺发动，此后又不断用它抽陀螺保持旋转。小时候我什么绳索都试过，认定是加长的球鞋带效果最佳。不过这得花钱买，因而求其次，去偷些我姥姥搓来纳鞋底的麻绳，那也不错，只是不及鞋带耐用。

等把这些都装备好了，自己有些壮胆，就想到街上去找别的孩子较量较量。通常的一种，是陀螺与陀螺的打斗，也就是两个男孩抽着各自陀螺向对方进攻，让两只陀螺在高速旋转中互相冲撞。这会儿就更显出用潮湿的硬木做的陀螺，打起架来是如何的厉害了：以它的重量，加上这旋转的冲力，很容易把分量轻的对手撞出老远，甚至撞翻，"撞死"，再要转就得重新发了。我还见过那种用羌木头做的陀螺被人家一举撞裂，豁成了两半呢。

就算没被撞倒撞停，你的陀螺老被人家撞跑撞飞，那也很没面了。好比是在拳击比赛里，算算点数你也输了。

当然陀螺的好坏也不都能决定胜负。你若能熟练控制陀螺，把握好它们相撞的时机，也有可能以弱胜强，把对方的大家伙撞个傻眼，重重跌翻，还仿佛是躺在那里倒吸了一口气的样子。

不来这么野蛮的,其他方式的较量,就主要是在比试玩陀螺的孩子们的自身技艺了。我们有时是抽着陀螺爬坡,看你能爬到顶不,或者是算算用了几鞭子才能爬上。比这个,轻巧型的陀螺倒是占便宜了。

还有特技含量更高的,有点像是玩杂耍了:玩陀螺的老手,都会用一块薄板,甚至索性就是他们的手掌,抄起正在旋转的陀螺,并且看谁的陀螺端在手上旋转的时间更长。或者抄在手上转一会儿,再把它放回地上,仍旧转着。

还有不用鞭索发动,就能把停在地上的"死"陀螺,用另一个转着的陀螺去将它撞"活"的把戏……仔细琢磨琢磨,这里面有不少物理学呢。

现在的孩子们,为啥不玩陀螺了?

吹糖人

小孩都喜欢吃糖。正是摸着了人类天生爱好甜蜜的脾性,向来妇女哄小孩,是往他们嘴里塞块糖,甚或只是拿筷子蘸点儿糖水让他们吮吮,哭闹就止住了。

再大些的孩子,不再满足简单的甜味。光是糖还不行,还得有这样那样的形状、花样。棒棒糖、跳跳糖、泡泡糖,这些都是可以边吃边玩儿的。到后来,玩还比吃更让他们着迷呢。

这便有了吹糖人儿的小贩,满街兜揽小孩们的生意,也是摸准了人类天生好玩的脾性。

就像变魔术似的,从他的嘴里,一会儿吹出个小和尚,一会儿吹出个孙悟空……

小时候的我们可被他要呆了。机器做的糖,哪有他这么活灵活现!

先是那糖浆就很不寻常，软而不黏，约莫是掺进了某种淀粉和某种果胶。出门售货，他还得挑一副担子，备上一只小炉子，一口小锅和一些木炭，以便让糖团始终保持适当的温度。他这套行头可不算小了。

本事也够特别。含进嘴里的糖团，用多大的气力吹出如何的形状，看样子他是很有把握的。你要孙悟空他就吹孙悟空，你要米老鼠就给你吹米老鼠。

万一吹出来的是个非驴非马的东西，他也会临场发挥，现编现诌，就管它叫玉兔，叫麒麟了。说从前吹糖人儿的小贩嘴头功夫好，不光是说他们能吹出这样那样的物形，还得连带上能说会道哄小孩的噱头。

再说还可以用牙签对他的产品做些修饰，让糖人儿糖兔儿看上去有鼻子有眼。

当然，作为糖果是很不卫生了。在那小贩嘴里含过，又拿在他手上雕琢一番，这样做成的糖人儿，如今想来是很不堪入口。

只是，小时候的我们，自己也并不很讲卫生，喝生水，吃野果，成天是两手泥一脸灰地跌打滚爬，哪里还计较得别人。

打弹子

有过那么一两回,当看到某个穿着体面而新潮的中年男人在打高尔夫球,我就心想,这位先生,不知道他小时候玩过打弹子没有?

瞧这会儿,他的球正稳稳当当滚向洞穴……这意思,该让我想起点什么来吧。

我们那会儿,也是要把一只小球送进地上的一个小洞。那会儿我们是怎么说来着?

"进宫"?

当然,我们那会儿不叫它高尔夫。我们叫它"弹子",比刚才那位男士推进洞的那白球小多了,直径才一两公分。我直到现在也不知道高尔夫球是什么材料做的。而我们的弹子,大多是玻璃的,偶尔也有瓷的,甚至某种石头的。小时候的我也不知道这些玻璃弹子本来是要做什么的。但肯定不是为了让我们玩的。只有一种，玻璃中间嵌有花彩的，我知道是下跳棋的子儿。玩过跳棋吗？六种花色的玻璃弹子，黑白红绿蓝黄，各十粒。记得起来吧？

不过，从前的男孩们觉得玩跳棋太文雅了。我们更乐意把那跳棋的子儿拿来另派用场。要知道，在那时几乎每个男孩口袋里都一把把揣着各种玻璃弹子，里面得自跳棋的花弹子是他们公认最高级，最受珍爱的，可以当作收藏品来看待。玩起输赢来，总是直到最后才肯输出花弹子去，而这差不多也等于是山穷水尽了。

不屑玩文雅的，我们更乐意趴在地上打弹子。蹲累了，索性就是跪着，一只手撑着地，另一只手也是贴地，手心朝上，用拇指和食指掐住弹子，然后连挤带拨，将它弹射出去。挤拨得当，那力量会很大，有时还能把被击中的对方的那颗弹子劈开砸裂。当然，要是自己的这颗更脆弱，损失的就是自己了。

当然我们也可以不玩这么粗暴的。更需要技巧的游戏通常总是更好玩，更有趣的。用树枝在地上画一个脸盆大的圆圈，约莫正中央的那一点上，脚踩弹子往土里陷进半截，再抠它起来，留在地上的就是一个正好容下弹子的小洞了。你必须有本事在圆圈的外面径直将弹子拨射进那个小洞里，不然它就算被囚禁住了，你得靠下一颗来营救它，或者是让对手把它"吃"了去。不过，他要想"吃"你也不那么容易，他也必须先让他的弹子"进宫"做了皇上，才有资格来收拾你的。

那只高尔夫球滚进了洞里。而在一旁眯着眼睛，很乐意把它看成一颗弹子的我，并没觉得玩高尔夫球的那位男士有什么好神气的。他的这一手，并不比我小时候打弹子"进宫"的本事大。

不过是他的衣裳比我那时的鲜亮多了，因为他是在绿茵茵的草地上站着击球，不像我那会儿，成天趴在地上，一身尘土，两手泥垢，裤子膝盖还跪破……也就是这点儿不如他罢了。

叠纸

小时候,我常去看大人怎么造房子。有砌砖墙的,也有夯土墙的,然后上梁,钉椽子,直到盖瓦或者苫草……

那孩子会一直站在那儿看上半天。

手脚很痒痒。眼睛里满满含着无限多的羡慕。

但他并不气馁。他也有自己摆弄得来的造物材料。只需一两分钟,他就能用一张纸叠出一只小船来。

他,还有别的孩子,都可能是叠纸的高手。天生具有造物欲望的我们,在能够对付木材、石头乃至钢铁之前,肯定都已经很有成效地对付过纸了。

别的什么材料比纸张更容易让小时候的我们拿来做这做那?从天上飞的飞机,到地上跑的火车,我们都造了。我们造的小船多密实,放在小水洼、小水沟里,真能漂荡上很久,除非是纸泡烂了;造坦克的本事稍微差些,有时炮筒不太直溜；可喷雾器绝对是够优质的，往里面装进多少粉笔灰，它就能一下一下地全都给你喷射出来；桌是桌，椅是椅，床是床，都有像模像样的形状，都能让我们叠的纸人儿在那上边吃饭，睡觉。当然纸的尺寸稍作变动，桌子也可以变成茶几，于是小人儿坐在那里就是喝茶了……

还有叫作"东南西北"的叠纸把戏，有点演木偶戏的感觉，用两个大拇指和两个食指一同撑着，或前后或左右地张开，闭拢，让你瞧那里面的写在两个东南西北壁上的八个字，怎样搭配、拼接，组成如何戏弄你的词句。还有女孩们常叠的纸鸟，长长的脖子，尖尖的嘴。抽动它的尾巴，翅膀也会跟着扇动。

反正，用上很多想象力，从前的我们，还会造出很多很多。

感觉上，好像没有什么东西是我们不能用纸叠一个出来的。

而且，好像所有人的小时候，都是这方面的能工巧匠。

所有这一切想象力的创造，让所有从前直至更从前的我们，一代一代地传了下来……

别的游戏或许有男女之分，叠纸却成全所有的男孩、女孩。自然，性情不同，兴趣各异，还是有些花样上的差别的。小姑娘一般不造枪炮。她们通常爱叠的，纸床呀，桌椅呀，小船小房小人儿之类，大体上是些静物，当摆设，供自己观赏的。大概也因为如此，女孩的这些叠纸玩意儿常常能够保存很久。

而浮躁、好动的男孩，显然更多叠那些会转，会动，甚至会跑会飞的。当初那个站在一旁看大人造房子的男孩，叠飞机最拿手，投出去会飘飘然地滑翔很长一段。再就是风车了，举在手里往前跑，四片叶轮转得飞快……

感觉一好，还好像他自己是让那风车带动着跑的。

冬腌菜

早先,每逢枯黄的树叶簌簌飘落之际,大批秋菜上市了,家家户户便开始做冬腌菜,是这个季节里民间生活的一大盛况。因为小时候我也年年如此地要帮家里腌菜,年年是做这一样的事,留下的记忆就很深。

想想那番光景,腌白菜晒得满街满巷,墙头上,窗台上,晾衣裳的绳索上,节节高的竹丫杈上,甚至是房顶的瓦片上,到处铺晒着腌白菜。所有地方都被占满,再没办法了,索性就摊开在随便哪块空地上……

这就是我说的盛况,一点儿不夸张。

而且这之前就已经有另一番盛况出现过了。菜农们拉着钢丝车把腌白菜一车车拉进城来,在每个巷口,每个居民点的中心,都会围上去大群男女争相购菜。可不像人们现在拎个塑料袋在菜摊上挑挑拣拣这样的买法,那时我们是用杠棒抬起盛菜的箩筐，好让菜农那支很粗很长的秤杆起落，稍稍翘起点儿悬住那大块的秤砣……

买回家的几筐白菜先得洗净。从前那些穿过城区的小河还没污染，我们就在河里洗菜，可以节约很多自来水。

其实，许多人家的做法是先不洗它们，横竖摊晒过程中又会弄脏，再说最后从腌缸里捞出来吃之前还得再洗，索性就把最初的那道洗菜工序省去了。

但摊晒这一道是无论如何省不得的。让新鲜白菜尽量地脱水，那菜才能腌得透，腌成菜帮子黄隆隆，看一眼就觉着必定是很下饭的那种样子。

就这样晒过两三个太阳，腌菜的工作就开始了。收拾干净上一年用过的水缸——或许应该说它索性就是腌菜缸，开始往缸里摆放一层白菜，撒上一层盐。脱了鞋，洗了脚，一个男人站进那缸里，开始用劲踩踏。一点点地挪脚，边挪边踩，将缸里每一寸地方都严严实实地踩遍，踩得菜梗、菜叶吱吱叽叽地发出声响。然后他退出来，往缸里再铺一层菜，再撒一层盐，再站进去一遍遍地踩……

从前的人多少有些迷信，腌菜的事，非得男人或男孩子往缸里踩踏，好像让女人干这事总觉得有些不踏实。即使谁家没有男人在家，也尽量要从街坊中找个男孩来帮忙。那时候街坊邻舍之间互相帮忙的事情是很多的，腌菜要算小事一桩。

撒了很多的盐，腌上更多的菜。有些人家还在菜缸里放进一些红辣椒，说是带点辣味腌菜更香。终于，菜缸被填满了，腌菜平了缸口。而因年年腌菜，常常是算计得很好，掐着菜缸的容量买菜，所以外边也没剩下什么，菜和盐都在缸里了。

最后是压上一块大石头，仿佛代替我们的脚继续踩压腌菜。

剩下的事，就是在等待中想象着，到了冬天，那腌菜黄隆隆鲜滋滋，就着每天早晨的泡饭……

独轮车

不知道最早是什么人发明了独轮车。

但我知道,那一定是个穷人。

我体会,那个时候,人们总体上还处在肩挑背扛的时代,车轮这东西一定很昂贵。穷人的想法一向总是能省则省,能用一个轮子做的事,就尽量不用两个轮子去做。

或者换个念头去想,既然用了两个轮子,应该是做两件事了。

经济学说到底也是这样想问题。

当初的穷人后来不太穷了,多少就有点儿奢侈起来,就有了两个轮子的,三个轮子的。不过,以我在乡下的见识,使用人力的车辆,倒始终还没奢侈到用上四个轮子的。

而且,就算如今有汽车了,也仍旧看不出有什么可能会把独轮车淘汰掉。那一个轮子的便宜不光是在钱上，更要紧还是在它的不可取代的用途上。在我们江南乡间的狭窄田埂上，轮子多了摆不下，没地方给你走。

而且也别指望这田埂会垒得宽些。我们江南很早的时候就是人多田少了，寸土寸金，吃饭要紧，岂肯把田亩换作路径？

一向就是这么窄的路，那农民从田里收起了他的庄稼，不用独轮车，他还能怎样搬运回家？

推独轮车走田埂，看起来有点儿像是玩杂耍了。不过这在他是平常生活，驾轻就熟了，用上小小的一点窍门，一个轮子也照样摆平。

再说车上还总载着货物，这也让他借得稳势，便于把握平衡。前后和左右，分量分配得当，端在他手里的车把就觉不出有多少吃重。

但车上的分量还是不小。切莫小看这仅有的一个轮子，几百斤还是担待得起的。顺两侧车架缚上几大捆甘蔗，或者两头猪，三五个小孩，这都不成问题。

这当然是说现在这种轮子，钢轮毂，橡胶胎，很扎实的。恐怕从前那种木头轮子就够呛能压得这么重了。

所以现在也听不到从前的独轮车走起来那种吱吱扭扭的轮轴声了。

独轮车推到了家，东西都卸了，他就掀翻车架，倚上屋墙，加入进那一排贴墙根靠着、挂着的农具。轮子卸下，搬进屋里，这样就不用担心车会丢失。没了轮子，谁能扛得走？

终究还是少不得这个轮子。

多了也不行，只要这一个。

这么一琢磨，我又弄懂了另外一点：即使当初发明独轮车的不一定就是江南人氏（从电影上更多是看到北方人推独轮车的场面），也可以说后来的精彩是属于我们江南了。真正把独轮车用在了"独"到之处，使出了它的"独"招，唱开这场"独角戏"，真可谓"独往独来"的，这般情形，还只能是眼见于我们江南乡间的田埂路上！

躲猫猫果儿

若非人类天性里原本就有隐藏自己的癖好,其由来久远,根深蒂固,一如另一个极端上的表现自己,何以解释,全世界的小孩都玩捉迷藏?

杭州话把捉迷藏叫作"躲猫猫果儿",听来很孩子气。我猜想,这话大约是说,一只猫玩它的"果儿"玩丢了,找不着了,就抱怨是那"果儿"躲起来了。

不过,小时候我们还有两句儿歌,是在游戏开头时让那个捕捉者大声喊出来,好让我们有时间找到地方躲藏。

> 猫猫果儿躲得好,
> 两只老虎来寻了,
> 一,二,三——!

这似乎又在说,是跟老虎玩上了。

猫儿狗儿都会隐藏自己,既是生存的需要,更好地捕食或者逃脱被捕食的手段,也是一个巨大乐趣所在。把自己隐藏起来,等着对方来搜寻,眼看着那家伙就在离我藏身处那么近的地方瞎转悠,那样笨拙,徒劳,一脸的晦气加上傻气,我却在这暗处窃窃偷笑,拿手捂住了嘴巴……这情形,这里边的开心,我们在儿时都曾体会深切。猫儿狗儿,我猜它们也是这样,能躲过捕猎者不仅是有逃生之庆幸,也一定是伴随着一阵美滋滋的得意。

很明显,捉迷藏游戏中的乐趣是在躲藏的一方。搜寻方并不觉得好玩,不过是要尽快捉到一个接替他的,好让他在下一轮也享受享受躲藏之乐。由此看来,我不得不认为,杭州人讲的"躲猫猫果儿",要紧的说在一个"躲"字上,点到了这游戏的兴奋关节,实在比他们北方人那个"捉迷藏"的说法更精到,更贴切,更能挠着我们的痒痒筋儿。

"捉迷藏"或者"躲猫猫果儿"都是统称,实际上的玩法花样很多,有一个人捉一帮人的,也有这一帮捉那一帮的,甚至也可以是一帮人分头去捉一个人的。此外,还有场地的选择,室内或野外之分、沟墙草木的差异、躲藏范围的大小等等,这些也都因地而异。

但是有一点，对无论怎么玩法的捉迷藏或者"躲猫猫果儿"都一样要紧的，那就是切记，"猫猫果儿躲得好"，却也不能躲得太好。虽然游戏的乐趣是在躲藏，但为你提供这乐趣的，还是对方的努力搜寻。他越是认真、投入，找得越起劲，越是让你感到处在被捉的边缘，你就越觉得刺激。反之，他要是找了一圈没找着，泄气了，一耍赖撒手不干了，管自己回家睡觉去了，把你撂在那儿傻躲着，几个钟头蜷缩在那狭小、黑暗、龌龊的旮旯里，寂寞，无聊，忍着蚊虫叮咬，你还有什么乐趣可言？

记得我儿时的伙伴里就有那么一两位，总是躲得太好，永远不会被人捉到——其实也就是永远都把自己置身于游戏之外。那就不是什么"猫猫果儿"，倒更像是一匹孤独的狼了。

放鞭炮

从前听大人说,过年放鞭炮,可以驱魔辟邪。

但其实,放鞭炮主要是小孩的乐子。小孩们不迷信,压根没在乎辟邪不辟邪的。小孩放鞭炮,简简单单,只图个热闹。

只是那时候的我们,决不肯用个热闹放法,把成串的鞭炮噼里啪啦一口气放完。一颗一颗地拆散了,点一颗放一颗,慢慢来,一串鞭炮就能玩上很久。就像那时候的我们难得弄着点好东西吃,也总是慢慢吃,藏藏掖掖。好日子得慢慢过嘛。

从前过日子很寂寞。

从前能听到的种种声音,总像是来自很远很远……

从前的人倒真是需要给自己的生活多弄出点儿声响。

于是,从前的我们,就用这时不时响起的一声声鞭炮,久久延续着节日的喜庆。从前的我们最好每天都是过节。

从前的世界也是这么大,而我们是那么小,大地上显得空旷多了。听到几声鸟叫,都会久久回荡……

无论城里还是乡下,从前都没有这么多的人,这么多的车。没有电视看,没有灯红酒绿的歌舞厅,也没有像现在这样,满街店铺的音响喇叭都在播放着吵闹的音乐。

从前的中国人就只能靠锣鼓和鞭炮来给自己造出点声响,暂时压一压牛羊的叫声、鸡鸭的叫声、青蛙的叫声……

如今在我们的城市里,尤其大城市,禁止放鞭炮了。时代已经为我们的生活增添了太多的声响,悦耳的和刺耳的,都已经很多很多。

的确是可以告别鞭炮了。这曾经让从前的我们不至于活得太冷清、太寂寞的玩意儿,是该和现在的我们分手了。我们现在不缺声响。

只不过是多情的我们,难忘儿时情景。许多人会记着他们的小时候,那样有滋有味,一颗一颗地点放鞭炮。

有时候,当那些只图吉利并无玩兴的大人,把成串的鞭炮一气放完,没等硝烟散去,我们这些小孩就呼地一窝扑向地上抢拾"哑炮"。总会有些没放响的,剩下半截导火索,试试我们手脚的麻利。一点着就扔,却常常还是一出手就响,让火药把手灼着了。到最后,总还有几颗实在放不响的,一点点火绳都不剩。可即便是这样的臭子儿,我们也不舍得放弃。把它对半掰断,露出黑色的火药末末,拿火纸去一点,"刺"地喷出一股火索。眨眼间的事,有这么一下也好。

从前的杭州孩子,把这一下,叫作"刺噱儿"。

放风筝

让一张纸飞到天上去,最初有这念头,并且将它实现的那个人,的确了不起!

我不知道他是谁。或许那并不是同一个人。或许是千百年后的子孙,才好不容易替祖先圆了这个梦。

但不管怎么说,到了我们这儿,我们充满梦想的儿时,风筝已经很平常,不算什么创造了。只要高兴,每个男孩、女孩,都可以给自己弄个风筝来玩玩。

现在的孩子大都是买现成的,而小时候的我们,当然是自己动手做。除了要弄到较轻薄的纸张,譬如桃花纸,不是太容易,其他方面,扎风筝的活儿还不算费劲。竹篾可以取自于破旧的竹椅、扁担、箩筐、篱笆等等,尽量劈得薄些,刮磨得光滑些就是。再就是剪刀、糨糊上的生活了。

刚糊好的风筝还潮湿，分量重，不宜放飞，要等糨糊干了再说。为便于控制风筝，也是为着美观，我们还总是用一些可粘连的纸环，套结成两条长长的风筝尾巴。风筝的本身可以是四方的，也可以做成梯形、三角形、六边形。至于更艺术些的，做成像鸟、像鱼、像蝴蝶的种种形状，绘上五颜六色，那可是风筝艺人的作为了，小时候的我们没那本事，也缺少那份耐心。我们倒是更务实些，更关心风筝实际能飞多高，因此更多是讲究风筝线的好坏。自然都是从母亲针线盒里来的，但最好是订被子的，不要缝衣裳的。

常常是不等风筝干透，我们就耐不住要拿出去放了——哈！这才是值得你大呼小叫的激动时刻！

在我小时候住的城郊九溪，秋收后到春耕之前，孩子们就在留着稻茬的空旷田野上，一阵阵猛跑，将手中的风筝一只只地放飞到天上……

田里有庄稼的季节，我们也能顺着直溜的田埂奔跑。远远望去，小小的身影淹没在一片黄灿灿的油菜花中，只见到花丛间一颗颗脑袋的黑点点滚来滚去。

风筝在空中飘荡，那么高，那么远……

可也总有个把倒霉蛋，他的风筝怎么也飞不起来，傻乎乎地拖在地上，一路跟着他跑，噗啦啦地一路折腾。那孩子，必是满头大汗，却说不清是跑出来的，还是急出来的。

而那些高高飞翔的风筝，表达着其他孩子的欢乐和骄傲。稍许抖抖线儿，天上的风筝还会随即做一些动作，跳动一下，甚至翻个筋斗……多让人得意！

住在城里的孩子，放风筝就没这么畅快了。除了几处广场和公园，城区里很少有空旷地方。而广场和公园，大家都往那儿去凑，人就太多太挤，风筝在空中难免"打架"。

高楼、电线、街旁的树木，这些都让风筝觉得别扭。当然，你要是能顺利地穿出这片密匝匝的封锁，让风筝高高在上，自由自在，那倒是高手，本事比我的大。

风筝若被电线或树枝挂住，挣脱不得，最后只得扯断线儿。碰上这种糟糕局面，小时候的我们，称它为风筝"出国"。

滚铁环

只要能办到，恐怕绝大多数男人都是想拥有一部汽车或者至少是一部摩托车的。有些男人想汽车简直就要想疯了呢。因为找不到合适的语汇，我只好自己来造一个，称男人们的这个夙愿为"车轮情结"。

因为这也算个很原始的兴趣了。从他们的小时候起，那滚动着的轮子的情状，就已经在时时刺激着他们，诱发了许多儿时梦想。当初的胃口还不大，有部自行车就很了不得。而实际上他们真正拥有的，不过是个会滚动的铁环。

就是这么个"轮子"！甚至连轮子也说不上，因为凡是轮子都有轮轴、轮辐。确切地说，只是些从木桶、木盆上拆下的铁箍。生铁铸的，铁皮铆的，更不济是铁丝拗的，再次而下之，还有竹篾编的。就是这么些圈儿、箍儿，结着土垢，长着铁锈。但好歹，它们都能滚动。这就足够了。

当初，滚铁环的那些孩子，自我感觉也真像是跨上了摩托车呢。每每整装待发，拿铁钩立定铁环，一脸的煞有介事，当真会抬起一只脚，猛一踏地，嘴里跟出一串"突突突"的嘟哝。有时候一下两下还打不着，嘟哝声便接着模仿"放炮"或者"熄火"。从前的摩托车当然效能差些，毛病也会多些。不过终究还是要"发动"起来的。"油门"的大小，都在嘴上或急或缓显示出来。这样正儿八经地自我感觉一番，是这滋味了，他的车子也就开始上路了。

常常是好多孩子结伴，满街铁环铮铮，浩浩荡荡开来这样一支"车队"……

常常还有比赛，看谁的铁环振作，滚得更有手段，能够稳稳当当滚过一段狭窄的通道，然后又能在颠簸得格外厉害的石子路上蹦蹦跳跳而不让铁环跌倒，就像是摩托车越野赛那样。

其实这些也算是基本功了，一多半孩子都能做到，没啥稀奇的。就算哪个孩子的家什比较蹩脚，铁皮铆的或者铁丝拗的，都难免有个接口，铁钩抵着它，每滚一圈都会在那里磕绊一下。即便如此，他也必定有手段对付。每当滚到那接口了，铁钩就松松劲，让过去就是了。在对付好自己的玩耍家什上，每个孩子都是天才。

真正有难度的，谁也不敢夸口十拿九稳的玩法，恐怕只有一种，就是滚着铁环拾级而上，一路从楼下滚到楼上去。你玩过这个吗？

玩滚铁环你也是过来人，知道我没有瞎说吧？

小时候的我们当然没有看过好莱坞警匪片里那些车技镜头：警察追坏人，摩托车一气冲上几十层台阶……从前没见过这些，因此你不能说我们滚铁环上楼的本事是从电影上学的，而实在是那时候的好莱坞，本事还没我们大呢。

锅儿缸灶

如今城里人,时兴一种乡村风情的旅游,名曰"农家乐",说白了就是跑到乡下去,住住农家的屋,吃吃农家的饭,体验体验农家的这个那个……

这里面,农家的饭我肯定是有兴趣的。他们用那种老式锅灶烧的饭,就是比我们现在用高压锅、电饭煲之类烧的好吃。那饭就是香些呢。或者说,感觉上,真正地道的饭菜,就应该是从那种砌在柴灶上的黑铁锅里烧出来的。还有那木头锅盖,那竹制的蒸屉……干脆,从一开头淘米的淘箩,切菜的砧板,直到最后盛饭的木勺和粗瓷大碗,把他们乡下人家的全套厨房家什都用上,感觉上那乡村风味就更正宗了。

当然我这是在说从前留下的记忆,并非我真的经历过"农家乐"旅游。其实,除了柴灶,从前的城里人家,大多也是用一样的家什。小时候我在家烧饭做菜，用的就是那些个家什——杭州人笼统称作"锅儿缸灶"，相当于北方人讲的"锅碗瓢盆"。

连米也是我去买。从老远的粮站背回家，倒进厨房的一口缸里。这米缸原先没有自来水那会儿是当水缸用。后来每年冬天也用它来腌菜。接着就该淘米了。竹子编的，或者白铁皮敲的，或者是铝制的淘箩，做成篮子那样形状，带个拎把，箩底和箩壁有无数个细小洞眼，好让淘米水滤掉。约莫现今仍有一些城里人家还在用淘箩淘米。老人们用惯了，大概还觉得用它才淘得清爽。米下锅了——多数时候是钢精锅，坐在煤球炉上烧。不过小时候我家是住城郊，山上能弄到柴，所以也常烧柴灶。米就下到了大铁锅里，添上适量的水，盖上那已经用成了深褐色的木头锅盖。拿个小板凳坐到灶前，不时地往灶膛里添柴，又不时地用一根打通节的竹筒呼呼吹火。饭潽了，水汽从锅盖的板缝间咝咝冒出，把些许木味掺进了米香。木头的气味，竹子的气味，成为那米香的一部分，是我们从小就认可了的。饭就应该是这香味。有了木味、竹味，才像是用我们江南的稻米煮的饭。所以习惯上，那时候的人家一般不会把饭剩在锅里，而总是盛进木制的饭桶，或是竹编的饭篮。

剩在锅底的，是让小时候的我们当作好东西抢着吃的锅巴。等到铁锅半凉不烫了，用锅铲轻轻刮撬，弄得好，可以将锅巴像个盆子似的囫囵取下。薄薄的，带点儿焦黄，又香又爽脆。而如今用铝锅、高压锅烧饭，再怎么样也出不了那么精彩的锅巴了。

中国人的传统世界观是讲"金木水火土"。这里边，水和火都不是固体，不能当制造器物的材料。剩下的那三样，都造了我们的厨房家什，铁锅和铜壶、菜筐和饭篮、水缸和盐罐……

不过，如今另有一样，叫作**塑料**，排不进"金木水火土"那五行，却也挤进了我们的厨房，并且挤跑了我们从前的竹木炊具。凑合着用吧。

河埠头

从前的小河小溪,一条是一条,水都满汪汪的。

那些住在河边的人家,就在贴近水面的岸边搭几块石板。或是顺岸横搭,或是搭成一段伸向河中的小小栈桥一般。江浙话里的"河埠头",就是河边一块地方的意思。

当然不是说随便什么地方,而是一块住家过日子可以派上用场的地方。

许多江南小镇沿河而筑的两岸河街,几乎家家户户都有这么一小块河埠头。每天的淘米、洗菜都在这里。有亲戚来串门,常常是摇着船直接来到后门口。

河水深一点,这地方便可以拴个小船。而水若够清,岸上人家还在这里挑水吃。到了夏天,孩子们就从这里下水去游泳,捎带着捉鱼摸虾。这些都是河埠头的用处。不过记忆中,好像更多的河埠头是为了给人一块可在河边立足而又能轻易够着水的地方，以便蹲在那里洗菜、洗衣裳。

更多的河埠头是让女人占着。

那本是糙剌剌的石板，已经让她们的衣裳搓磨得很光溜了。古诗里讲的那一记记"捣衣声"，多半就是在这样的河埠头，用一根根木制棒槌笃笃地拍打出来的。我不知道占人用的是几许尺寸，怎般形状，只记得小时候我家里那根棒槌约莫一尺半长，手捏的把儿稍许细些，前面用来拍打的那段略微倾斜出一个角度，做成三棱三面，宽面着地，三条棱脊刨圆。总之，这根棒槌捏在手里，一记记捶拍上了肥皂的衣物，很是顺手。

其实从前洗衣裳很少用肥皂。更早时还没有肥皂呢。要想把衣裳洗得清爽，河埠头上的女人们，只能靠反复地捶捣，搓揉，漂涮，总之是力学性质的努力而非化学把戏。从前那一记记被诗意化了的"捣衣声"，依我听来，只代表着妇女洗衣的辛苦。

不过，当她们三个五个，挤在同一个或者邻近的河埠头上洗衣裳时，这辛苦就多少有些让彼此间的说笑、嬉闹给冲淡了。尤其年轻少妇们，荤荤素素的话题、趣闻，总是很多很多。

还有每日早中晚做饭之前，差不多的先后，她们也都出现在自家的河埠头上淘米，洗菜。隔着一段岸，甚至隔着河，说笑着，嚷嚷着……

或许这里面少不了飞短流长。或许不过是娘儿们的扎是非，嚼舌头。但是，你相信吗，从前我们江南民间的许多故事，是在河埠头上编出来，传开去的。

荷花糕

用我们江南的稻米轧成粉,还是轧得比较粗的那种米粉,和上水蒸熟或是半熟,出了模子,就是一块块约莫半寸高矮、两寸见方的荷花糕了。

为什么是叫"荷花糕"?这东西同荷花有何相干?我猜想从前的人对此肯定是有点说法的。说法肯定还不止一个两个,而且多半还可能是附会在一个男女爱情的传说故事上的。不过我此刻想起荷花糕来,念头实实在在。唯因一位年轻朋友说起他妻子要让他们的孩子断奶了,便很想知道,如今的婴孩,吃不吃荷花糕了。

当然,如今好吃的东西很多。商人们在婴儿食品上很肯动脑筋。包装很鲜亮,广告很动听,生意做得很大。以至于如今那些做母亲的,恐怕多半不知道荷花糕呢。而她们的婴孩,嘴巴也很高级了,不肯吃荷花糕了。

但是像我这个年纪的,从前我们江南人家的孩子,恐怕个个都是吃荷花糕长大的。从母亲那里断了奶,一时又嚼不动米饭,这半年一年里,荷花糕就是我们的主食。用点热水,泡成糊状,一匙一匙地喂来,让我们咽下肚里。这东西吃了耐饥,吃饱了整夜顶事,也好让母亲们睡睡安稳觉。那时的我们,并不知道它好吃不好吃,更不知道还有别的什么比它好吃。反正都吃进肚里,让我们长了身体。反正早晚我们还是得拿稻米当主食的。

无论今天的食品商们怎么说,甚至被他们动辄引用的世界卫生组织的报告怎么说,我还是相信从前的荷花糕营养不差。不然我这个人怎么就长大了呢?

再说长大成人了,我不还是吃米饭么?虽然我们还吃这样那样的其他东西,但江南的稻米,仍旧是我们的主食。大人吃米,小孩吃米粉做的荷花糕,从前的世世代代,都这样过来了。

你再仔细想想,做那荷花糕的,为什么是粗轧的米粉?

把米粉磨得更细,像做汤团那样,本来并不是做不到的,也费不了多少功夫。吃在嘴里,汤团的口感可比荷花糕的顺溜多了。但是从前的母亲们知道汤团不易消化,而反倒是粗糙的粉粒对肠胃有好处,就像如今有些牌子的面包里掺入了大量粗糙的麦麸，反倒由此抬高了档次和价钱。从前的母亲们，有意无意地也是"算计"了我们：难以下咽的荷花糕，正好让我们在嘴里多咪咪，多嚼嚼，既是助消化，也是练了牙。

的确记不得吃荷花糕时的我，对它的粗糙难咽抱怨过没有。要讲食物可口，如今的我，嘴巴也很挑剔。但即使是今天，对于每顿要吃的米饭，我可不会挑剔好吃不好吃——那多傻嘛！要是哪天，我再弄来荷花糕尝尝，即使很难吃，我也不会对人讲它不好，因为它就是我当初的饭食，好不好都长了我的肉。

兰溪船

钱塘江是条大江,一向总有许多船只在匆匆过往。客船、货船、渔船,形形色色,百般风光。

不过,以我儿时之见,钱塘江上,最风光还是兰溪船。

那些船,只只神气,像一弯新月似的两头尖尖翘翘。虽然通常是当驳船用的,八九条十来条地连成一串,由一艘拖轮牵引着跑,但自身也能扬帆独行。船身窄而长,两米来宽,却有十多米长,看上去是那么苗条、秀气。一座竹篾夹箬叶编的篷盖高高拱起在船的中段,遮着大半的船面,只露出船头和船尾的一小截儿。舷板都是选了上好的木料,还都漆得油光锃亮。好像任何时候都是这么新簇簇的,好像它们是去做客……

而那时的钱塘江上,多数的木船都颓败不堪。多数是运煤,运肥,运石头,运黄沙,因此多数是那样的残破、肮脏，显得自暴自弃。江水滔滔，风雨无情。你若也见过往日那般情形，就该明白我何以只对兰溪船格外在意。它们不仅美观、雅致，还特别整洁、清爽。穿行于一江破船烂帆之间，简直是硬让它们显出几分矜持，几分清高。

兰溪是钱塘江上游的一段，也常被当作一个地方。儿时记得的兰溪船，据说就是从那里来的。其实，我至今也没去过兰溪，关于那地方我知道的不多，而且记忆里的那些修长、漂亮的木船究竟是否出自兰溪，我也不是很有把握。大人是那么说的。

从大人们那里我还知道，兰溪船运的是棉布、糖果、肥皂、香烟……总之是商店里卖的百货。在以往很长一段时间里，工业品在中国老百姓心目中身价不凡，几乎就是奢侈品了。跟着沾光，驳运百货的兰溪船，也就成了它们这个行当中的"白领"。

它们也是这样的自我感觉，翘首而行，一派整洁。兰溪船上的女人，似乎成天就是跪在船板上擦呀擦呀。

约莫是两三条船盛下一户兰溪的船家——真正是以船为家的船家。生活和劳作是同一回事。全部的老少人口、衣裳铺盖、锅碗瓢盆，乃至家禽家畜，都在这两三条船上，一起带到了大江上来。儿时的我曾猜想，或许在兰溪那里的岸上他们也有个家，有座带烟囱的房子。

生意淡时，他们回到那里的家歇一阵。

过年了，想必也是在那烟囱下面煮鱼烹肉。

可平常时候，谁知道在那房子里还能留下什么呢？既然他们把鸡狗也带在了船上。

甚至还有猪，在船头船尾那点地方一颠一颠地溜达。

猪都是经过训练的，不但适应了船上的狭窄，不怕颠簸、晃荡，还竟学会了主人要求它们做到的卫生习惯，绝不敢乱来一气把船上弄脏。拉屎拉尿，它都会尽量凑到船边，把圆滚滚的屁股朝向船外，一径往江里排泄。鸡呀狗呀，也都是这样。

记得儿时在江里游泳，我们都喜欢攀搭过往的木船。仅有的例外是在发现兰溪船上的猪狗往船边退步，顿时一哄而散，逃之夭夭……

老虎灶

从前的人也会花钱买方便。到老虎灶上打开水就是一宗。还记得我刚成家那两年和妻子在湖州过,小户人家,不常生火,每天都要跑一趟附近的老虎灶。

那地方,顶触眼的是一口大铁锅,大得能在里面洗澡了,从早到晚都沸着热水。锅盖也太大了,因此就分作两半,每回舀水只移开这一半或者那一半,既省点力,也是减少热损耗。灶台靠后的地方,还附带着两个小汤罐,利用灶膛里往烟道走的余火来把水烧开。有时顾客来得太集中,大锅里刚添上冷水,一时还不开,灶主就从这两个当替补的小家什里取水给客人。

他拿一只水舀子给客人往热水瓶里灌水,一舀子正好就是一瓶。不用漏斗,手准得很,一点儿不会浇歪淋开。

或许是因为那对小汤罐看上去就像是老虎眼睛,大铁锅可以比作老虎的大嘴，灶台本身犹如老虎肚子，而灶尾竖立着的烟囱就是老虎尾巴了……总之，或许这种种外观加上人们的想象，就是"老虎灶"这个名称的来历。

不过，即使后来许多地方的老虎灶演变成锅炉式的，用水龙头灌开水的，外观完全不同，压根不成灶了，人们也没再为它们另取名字，而是索性把所有这类卖开水的地方，统统叫作"老虎灶"。

但从前的老虎灶，除了卖开水，多半还卖茶水。

茶客们几乎总是清一色的男人。住在这附近的街坊，或者在这附近做事的，或者既非街坊也不在此工作，只是每天要路过这里，有瘾头一堆里凑凑热闹的。似乎自古以来，男人总是比女人更需要（或者毋宁说更向往）社交。说说话，议论议论时事，传播传播各种消息……

我曾猜想，在遥远的从前，芸芸百姓还不知道有报纸、电台这档子事。那个时候，他们当中，谁的世面最灵，消息最多？

难道不是老虎灶上的那些人，灶主灶婆，或者成天在那里泡着的茶客？

那地方，人气很旺，面孔很杂，故事很多。在湖州时我写的那些小说，里边的许多故事就是从老虎灶那里听来的。

在它那里，卖开水是两分一瓶，卖茶水是一角一壶，而卖故事则是免费的。

于是对于我，湖州的那家老虎灶，就把相当于如今的酒吧、咖啡馆乃至新闻媒体的种种功能，有多少算多少，好歹都相帮兼着了一点。

当然，归根结底，老虎灶主要还是卖开水的。

归根结底，中国人要喝开水，所以才有老虎灶。

老井

大概,我猜想,远古初民晓得挖井汲水,比他们会造房子晚不了多少。除非是把房子造在河边,不然,房子跟前的一口井是少不得的。甚至井比房子还要紧呢。没房子,露天里好歹也有活法。没水喝可是真要命的。

井就等于是房子的一部分了。从前我们江南城乡的那种老式宅院,里面必定有一口井,就在通常叫作"天井"的那地方。江南多雨水,挖井一般不必很深,提水也不费劲,只需手提吊绳,三四把就上来了,不必像北方人对付他们的深井那样用上轱辘,吱吱嘎嘎地摇一圈又一圈……

直到有了高层住宅和自来水的今日,出于这样那样的原因,老房子连带那些老井,仍有许多保留了下来。都是有年头了,井台的石板上苔痕斑驳,往里望井壁上还长着几株凤尾草。井很小巧,井台很做功夫,整块的巨石凿出井眼，外圈切成六面，通常还有雕刻。总之，我们江南的井，真可以说是很标致哩。

何况它们还有很多用场，尤其是在江南的炎炎夏日，这井水还曾是从前人们唯一的降温手段，因为连小孩都晓得，天越热，井水就显得越凉。即使是有了自来水，如今那些仍旧住在老房子里的人家，夏天里还是更乐意用井水。在每天的傍晚，吊起一桶井水来拖拖地板，擦擦篾席，以此来给这木结构的老房子降降温，好让他们夜晚能睡在一个凉爽些的家中。

不过，仔细想想，用井水拖了地，擦了席子，很难说真有多少降温效果。井水凉是凉，可那是在井里，在地下。一旦把水提出井外，那水温也就开始和灼热的气温交流、掺和，渐渐地就不那么凉，和自来水差不多了。而就算这桶井水依然很凉，也不过是像洒露水似的抹上那么一点点在偌大的一个家中，未必真有作用。

不如说是心理作用罢了。一种幻觉，一种记忆，一种先前那番凉爽体验的移情。

但话又得说回来，从前没有电扇和空调，夏天里要想多得些凉快，恐怕也只有这个办法了。心理作用好歹也是作用。幻觉还是很必要的，许多时候甚至还是很有效的。自己心里觉得凉爽，总比你没这么觉得要好受一些。

当然井水也确有真正实在的凉爽可被我们利用，譬如用井水来浸西瓜。下午买的西瓜常是热烘烘的，住在老房子里的人家就会吊一桶井水上来浸泡，隔一会儿换一桶水，等到晚上吃瓜时它就又凉又甜又十分爽脆。

还有索性把西瓜浸在井里的。西瓜用篮筐兜着，吊一根绳子放下去。绳子的这头拴住一截木棍，横卡在井口上，让西瓜半沉半浮地悬浸在井水中……这可是把老井当电冰箱用了。

露天电影

小时候看电影,十回有九回是在露天看的。一块空地上竖起两根毛竹竿,用绳子拴上银幕,高高挂起,面对着空地上大大小小形形色色的木凳、竹椅。其中的一张就是我的。

露天有露天的好,通气,凉爽。那时我们还没有空调、电扇,夏夜里本来就是要坐在露天乘凉的。乘着凉,还能赚着一场电影看,何乐而不为?!哪怕是看过又看的老片子。不看白不看。

白看的电影,没墙没门的露天,当然就控制不了看电影的人数。要紧的是抢先,匆匆扒几口饭我就扛起小板凳往那里赶了,一心要抢在人家前头去占个好位子。但要是别人也这样想,甚至连晚饭都不吃就去了,结果还是让我落在后边,只能坐到场边上,或者很靠后。

还有过几回,去得更晚,连边边角角都没给我剩下。

那也不怕,我就索性坐到银幕的背面去,看一场"反面电影"了。

记得那时看过的每一场露天电影,总是有那么几个甚至十几个观众是坐在银幕的背面看的,不是我就是别人,仿佛那里也是一些正式的座位,总得有人去坐。是不是有人还特意喜欢看反面电影?起码这里可以坐得很宽敞,不必像坐在正面的那一大片人挤人地伸不开腿去。

在银幕的背面看电影,一样很清晰。只不过,什么都是反向的。文字像是刻在图章上的那样,人物都成了左撇子。鬼子兵举左手行礼,李向阳用左手开枪。这么看也挺逗的。

露天电影的另一个麻烦是,电影正放到一半,忽然下起了雨来。还往下看吗?有时候放电影的人就索性拿着话筒问大家。雨如果不是很大,放的如果是新电影,那就毫无疑问,在场的观众会齐声回答:继续看!往下放!

从前的许多电影以今天的眼光来看都不怎么样,黑白的,银幕尺寸很小,更谈不上什么立体声。许多电影虽然都看了无数遍,我今天还是记不住详细的剧情是怎样。但露天电影,尤其是在一块草地上放的露天电影,那种场面、情景的本身更让我怀念。夏夜的草地上,蝴蝶、蝈蝈、金龟子等在放映机射出的光柱中飞来飞去。草叶尖尖,散发着扑鼻的青草气息……

霉菜梗

从前人家的饭桌上,常可以见到一大碗霉苋菜梗,刚从锅里蒸出来,带着热腾腾的一股气味……

其实,我该说实话,热腾腾的是一股臭味。

不过还有另一句实话:这臭味很美妙,人们很馋它。

除了霉苋菜梗,我们从前的饭桌上还有许多臭烘烘的美味,霉冬瓜、霉毛豆、霉千张……

北方人可就看不懂了:为何好端端的东西,要特意让它霉变了,弄得臭烘烘了,才做菜吃?

有点科学吗?更营养还是怎么?

那时的我们并不懂得维生素、氨基酸,也没有现在这么多的滋这个补那个的讲究。吃菜就是吃菜,要能吃出个味道,能下饭。我们浙江的绍兴话就是把菜肴叫作"下饭"的,直截了当。

可你也晓得，冬瓜、毛豆这类蔬菜，自身并没有多少味道。那时的人家炒菜用油很少。味精更奢侈了，一小包要用半年呢。尤其是在蔬菜换季之前，天天是重复的花样，清汤寡水，没滋没味，好不厌烦。

总得想个办法让菜肴吃在嘴里有点味道。

就在其他地方的四川人、湖南人、山东人等等，用辣椒，用大蒜，用葱姜，总之是用简单的加法调弄出适合他们口味的菜肴之时，我们这些受不了或者是不喜欢那么浓烈、刺激的江南人，总算还有点儿能够改变蔬菜自身品质的化学手段可用呢。

其中一种就是用发酵方法的"霉"。

"霉"过就有味道了。

有臭味道也比没有味道好。

不过，霉苋菜梗倒是另一回事。苋菜本身是蛮有味道，还蛮特别的。但菜梗已经长得那么粗了，那么老，快成树棍儿了，就那么弄来吃，谁能嚼得动？！

起初，让它长得那么老，是要它结籽。种菜人总是要为来年作打算的。等到收了菜籽，苋菜梗就可以不要了。或者晒干，当柴烧，就像南瓜藤、玉米秆。很早的时候大概是这样。

但要是有办法让苋菜梗嚼得动，种菜人是会更乐意拿它们当菜吃而不是当柴烧。从前的农民都是再节俭不过的。我承认我并不晓得霉苋菜梗的来历，是在什么时候、什么情况下由什么人想到了这个主意。不过我倒是很相信，以我们江南农民的节俭和聪明，迟早是会把苋菜梗也弄到饭桌上去吃的。

我知道，当初的霉苋菜梗，必定是穷人桌上的菜。

当然如今它也已经上了许多高级宾馆、豪华餐厅的一本本印制精美的菜单。只是在那些铺着漂亮台布的餐桌上，霉苋菜梗不那么臭了。

磨剪刀

平常人家过日子，一把菜刀，一把剪刀，这两样，用场最多也用得最多。菜刀不用说了，天天要切菜的。剪刀虽然不一定每天都用，却是用处很广泛，剪布，剪纸，剪头发，剪指甲……乃至从前的接生婆，还用它剪婴孩的脐带。

用得多就经常要磨，就有了磨剪刀这行当。从前的人家都节俭，一把剪刀要尽量用上一辈子。很可能还能传给下辈人。记忆里，从前的那许多走街串巷，修这补那的手艺人，要算磨刀师傅照面最多。

一声声喊着"磨剪刀"，往巷子里来了，扛着一张矮条凳，挂上不几样简陋家什。一块磨刀石，一支锵刀的推铲，一罐浑浊的水，一把蘸水的毛刷……最先进的，了不得再有一副手摇的砂轮。就是这些了。

而且那时候的我，蹲在一旁看他做活儿，磨刀修剪，也没觉着有什么难的。一双粗糙的大手，捏着剪刀的柄和尖，就那样磨呀磨……

简单的劳作，简单的家什，简单的日子。

但人们需要他，人们过的日子里少不了他。

隔三岔五，常来常往，每每都是这位面孔熟悉的师傅。好像他们磨刀的，彼此也通气，有个地盘的划分。时间长了，街坊们都认了他，好歹只是他，张家李家的刀啊剪啊都是他磨，好像世界上就只他一个磨刀人似的。还都知道他姓什名谁，家住何处，甚至几个儿女，等等。倘使哪回没料着，来了个陌生的，街坊们还蛮纳闷，记挂着他，是不是闹病了？

年复一年，他一辈子都干着这个，磨呀磨……

磨完了，给顾客试试，碎布片上剪一刀，快不快，是不是满意。通常都是满意的，这些都是老主顾嘛，糊弄不得的。

我如今替他想来，磨刀生意可是不太好做：活儿若做得好，各家的刀剪经久耐用，他就得给自己多放点假了。但反过来想，他若要点心眼儿，不把活儿好好做，老主顾们有意见，终究又是自己敲了饭碗。怎样才能把握得好，把这左右为难变成左右逢源？

或许这只是我在瞎想，是如今的我，用上了对付如今世道的小心眼儿。而实在从前的人，做人做事都比较老实，不糊弄人，不搞假冒伪劣。从前的生意都是很简单的，人人都看得明白。磨刀师傅和他的主顾们之间，不过是他做活儿，赚他们几个工钱，赚得辛苦却踏实。

还不一定都赚工钱。有时是赚一碗饭吃。供他一顿饭的那家人省进了几角钱，而他也方便了。反正赚来的钱，也得花在吃饭上。这下多简单！

有时是赚一斤粮票，或者一张香烟票。再不然，人家给他剃个头，也不收钱。这都摆平了。

年糕

小时候听过许多童谣。许多都忘了。可有一首,大概因为和解馋有关,我倒是记得很牢:

摇啊摇,摇到外婆桥,
外婆请我吃年糕。
糖蘸蘸,多吃点,
盐蘸蘸,少吃点,
酱油蘸蘸没吃头。

歌里的情景约莫是,过年了,一个小女孩坐在河里摇着的小船上,跟妈妈到外婆家去吃年糕。外婆家是什么地方说不上来,光知道那儿有一座桥。

在我们江南,这要算是从前最流行的儿歌了。许多人的小时候是让大人用它来哄着睡觉的。那小女孩,在那船上睡着多好!提前把吃年糕的开心带入梦乡,糖蘸蘸,盐蘸蘸……

这情形,这儿歌,八成会让现在的孩子们莫名其妙。我们养下的这些让一应精美食物喂大的孩子,大概很不以为然:年糕有啥稀奇!

可我还一直记着,小时候过年,有得年糕吃,就算够意思,没抱怨了。

再说还有乡下人家舂年糕的场面好看,那么隆重,那个热闹,就已经觉得是在过年了。通常都是在腊月头里就早早地做好年糕了。乡里人把这叫作"打年糕",当真是打铁一样的"打"哩。堂前摆开好大一副石臼,盛入蒸熟的米粉,拿一支粗大的木杵一下一下地舂捣。用上很精壮的汉子,使上很大的气力。炉火在闪烁,映在他们脸上,是红腾腾的一片热汗……

门外还总是围着许多看热闹的乡亲。许多像我一般大的男孩女孩,看着蒸米粉一下一下被舂成年糕,馋瘾也一点一点地被勾引起来。

城里人一向更多是吃机制年糕,而年糕的吃法也比乡下人家更多。下到汤里煮叫汤年糕,配上菜肉炒是炒年糕,还有油炸的,油蒸的,裹了馅儿的,乃至切片、晒干,然后像爆米花那样膨化了吃的……总之,人们是生着法儿,将古老的年糕吃出许多花样。

可或许是一见年糕,总想起小时候看到的那个红红火火的舂年糕场面,念着儿时的馋欲,如今的我,仍是更中意从前那种比较简单的吃法,就像那童谣里唱的,糖蘸蘸,多吃点……

女红

虽然我们南方的男人也会捏针捏线,但总归还是女人做针线多,所以旧时人们将缝纫、编结、绣花这类针线活,笼统地称为"女红"。

除了吃饭就是穿衣要紧,过日子就是这两样操心最多。而这两样,从前就叫男耕女织,就像在牛郎织女的故事开头交代的那样。男人到外面去弄回来吃的,女人则在家中,把穿衣裳的事情料理好。

世世代代下来,她们让我们穿得暖和,穿得体面。

她们有做不完的"女红",从纺纱、织布到缝缝补补……

起码是缝缝补补,最平常了,从前普通人家的妇女人人有这份家务。裤子膝盖磨破了,找块布头补一补,或者衣袖上刮开个三角口子,该拿针线缝起来,这都是三天两头要做的活儿。衣裳只要还有点样子，布还没酥脆，还可收拾，总还是要将就将就再穿下去的。从前的人都晓得有这句民谣："新三年，旧三年，缝缝补补又三年。"

这话说说容易，缝缝补补的活儿做起来可不那么轻松。许多事情你即使只打算将就也常常是将就不下去呢。小时候的我，有一回眼睁睁看着我母亲给我缝补一件从哥哥传给姐姐最后又传给我的衬衫——正应着了从前我们江南的另一条讲到衣裳的民谣，"新阿大，旧阿二，破阿三"。——终于还是失败了。当她一针针好不容易补好了这处，别处又抻破。母亲那懊丧、惋惜的眼神至今令我未敢忘却。

有时候，让她补的是劳动布的衣裳，布很厚，纳针很费劲，我便见她手指上戴个顶针来做。这常让我想到，如今女人们手上是戴金戒指了。而我母亲手指上的那个铁箍，那时是两分钱一个，很贱的，却是对她很有用处，尤其是在她给我做布鞋纳鞋底的时候帮了大忙。

而且，缝缝补补这活儿，还不光是把裂口缝合、把破洞补上就算数了，还尽量要缝得光趟，补得服帖，活儿做得清爽、漂亮。首先是找着合适的线和碎布，要和那衣裳的颜色相仿或者起码是相配。更难是针线功夫，完全靠她的手工做活儿，却要做得像缝纫机那样，针脚细密、匀称，一行行缝去走线笔直。

讲究美观不一定都是要拿新衣裳好衣裳来讲的。做事手巧，那就是漂亮，美就在里边了。

当然，"女红"的最高境界，莫过于绣花。

拿一大一小里外紧扣的两个竹圈，把一块布撑紧，绷住，这上边就可绣花了。针是极细极细，线是五颜六色。一双双巧手抚红弄绿，勾引得花儿、鸟儿，待放欲飞……

所以这"巧"字一向都给女人用了，"巧妇""巧姐"，乃至"张巧儿""李巧巧"，索性做了女人的名字。

拍洋片儿

从前，杭州的小孩把一些印着画儿的小小纸片，叫"洋片儿"。

据说叫"洋片儿"是同从前的香烟广告有关，但我们小孩更在意它是从机器里印出来的。而凡是同机器沾上了边，在从前的人看来，都是有点儿"洋"的呢。

说穿了不过是印制得很粗糙的小小画片，却让那时的我们如获至宝，正经当收藏品呢。互相还交换，彼此还羡慕，就像现在的我们在邮票上，甚至是在股票上表现的眷恋，一样深切。每个孩子手里都有一大叠，而且永不嫌多，最好是把人家的也统统赢得来。

一种玩法叫作"飞洋片儿"。在一个举手可及的高度，我们把那纸片按在墙上，然后撒手，随它翻飘，自由地飞落下来。在地上已经落满别的孩子先前飞下的许多张了，新飞下的这张若是齐巧落在了人家的上边，盖着地上的随便哪张，哪怕只盖住小小的一角，也算赢了人家的。

输家可心痛啦！从前的我们，手里没几个零花钱，这种得花钱买的洋片儿，差不多要算奢侈品了。

于是就有了另一种不花钱的洋片儿及其玩法，由那时的男孩们创造出来。我约莫，现年六十岁上下的男人，会记得他小时候到处捡香烟壳，叠成一个个的三角形状的洋片儿，然后去和伙伴们"拍"一场，赢了人家的，或是把自己的输掉。

我们通常是在一个两尺见方的水泥窨井盖上玩。这就是洋片儿之间一番搏杀的战场了。两个人玩，直到五六个人玩。除了最先开局的，其他人，各自把洋片儿下在这块窨井盖及四边水泥井沿的范围之内，尽量是不容易被人家拍动的地方。开局的先拍了，拿着他自己的洋片儿往地上一甩。小小的一股风，却可能把地上被拍的那张刮翻。用劲够大的话，还可能把人家的拍出界外，拍落窨井盖下。或者，找准破绽用点巧劲，可以让自己这张洋片儿的一个尖角插入被拍的那张底下。这都是赢了。接着再拍其他对手的。而要是反过来，自己的出界，或者自己的盖在人家身上，都算是输给了人家。

从前的香烟没有过滤嘴，无论什么牌子，软包装的烟壳纸都是同样尺寸,叠成三角的洋片儿也都一样大小。但烟壳的纸质还是同香烟牌子有点关系的,"中华"呀,"牡丹"呀,这类从前的高档香烟,都是用比较厚实而且上了蜡的纸做烟壳的。用这类烟壳叠的洋片儿,自身有分量,下在地上很严实,不容易被拍翻、拍动,让别的孩子赢去。

除非他耍点小赖皮,用他身上这件衣裳的宽襟大袖帮忙,鼓起很大的风,那是任何牌子的洋片儿都抵挡不住要被刮翻刮跑的。

不好意思,我小时候也耍过这样的赖皮。

如歌的叫卖

小时候看过许多遍的京剧《红灯记》,许多情节记不得了。但有一段,磨刀人上场,"磨剪子啰,戗菜刀……"那声吆喝,总还记得。

其实,真正令我难忘的是那吆喝的曲调,我都可以背下来写成谱子了。凡是好听的,或者说"如歌的"叫卖,小时候我都曾一一模仿。还记得从前修伞人的吆喝,在我们南方,要算最好听的:"修洋伞,补雨伞;洋伞、雨伞好修……"

你也可以唱谱子:"唆咪拉——唆唆拉——;咪拉,咪拉,拉唆——"

多好听!

恐怕谁也说不清楚,究竟是从什么时候起,小贩们,以及磨刀剃头、锔锅补碗、箍桶修伞的形形色色的手艺人，都用这种像唱歌似的调门来叫卖，吆喝。我猜想这情形一定是很早很早就有了。从前的买卖，从前的市场，就是这些小贩和手艺人的天下。从前的人过日子，想必是听惯了这样那样、五花八门的叫卖声。

1980年代还能听到一些小贩的叫卖，尤其在休假日的早晚，在城市的一个个住宅小区，还常有小贩们转悠。当然，在如今的小贩叫卖声里，是有些新内容、新花样了。譬如收废品的小贩会这样喊："老——酒——瓶——，可乐瓶！"曲调虽然贫乏，却有节奏变化："老酒瓶"拖腔拖调，"可乐瓶"却是一竿子到底的短促，利索。

本来，小贩叫卖，不过是要告诉你，我做什么买卖。可为啥他们都是带点儿唱腔来吆喝的呢？为啥全中国，甚至全世界的小贩叫卖，听上去都像是唱着个什么调儿？

或者，换个问法，不唱行吗？

你不妨试试，找个小贩，请他别用他那个调子唱，只用平平常常的声调喊。那样试试你就明白了。平常的喊，喊不响亮，而且喊久了嗓子容易疲劳，很快就喊哑了。带上一点歌唱的曲调，他的声音才高亢，滑溜，既省劲儿，也传得远些。同这个道理相关，早些年有些小贩，索性就拿个半导体喇叭来叫卖"小钵头甜酒酿"了。

即使用上了喇叭，音量够大了，但你还是听得出他在唱!

　　真的,他实在是非唱不可,因为人们在传统的记忆,早就认定了,小贩的叫卖都是唱出来的。哪个小贩要是不唱,就那么随便喊喊,人们不习惯,很可能不予理会,没当他是在叫卖呢。

扇子有风

从前的人,谁都有一把扇子。

许多人恐怕还不止一把。在家用的是这把,出门带上另一把。形形色色的扇子,点缀着从前那些夏天的形形色色的生活场景。夜晚乘凉,赶蚊子,最好是经得起拍打的芭蕉扇;给熟睡的婴儿扇风,那轻轻柔柔的鹅毛扇,即使碰着孩子的小脸也不痛不痒;至于出门在外,图个轻便,各种纸糊的折扇就派上了用场。

扇面大的,扇的风大,但也费劲;而那种女孩用的小巧玲珑的绢扇,亭亭楼阁,楚楚花鸟,与其说为着扇风纳凉,毋宁说是让她们捏在手里把玩的一件工艺品。

男人的折扇也是如此,逐渐地成了他们的一种手势,打开,折拢,又打开,折拢,两手间来来回回地掂掂拍拍,当根棍子似的这里那里点点戳戳……

到了江南的戏曲里，昆曲也罢，越剧也罢，扇子索性就是一件行头了。即使戏里演的是冬天，那小姐，那官人，手里还是在摇着扇子。就连那位除了一身破衣烂鞋什么都没有的济公和尚，从前那些讲故事的人，或者编戏文的人，也没忘了送他一把破芭蕉扇，让他一年四季那么扛着。

可见中国人是很把扇子当个宝贝的，虽然明知道这不算什么贵重物品。扇子的故事很多，往扇子上摆的噱头很多，谁要有心收集，能编得成好几本书了。

从前的一段人人知道的顺口溜是这样讲扇子的，半是调侃，半是得意：

扇子有风，
拿在手中。
朋友来借，
等到秋风。

这话听来颇有点小气，却也讲白了从前那些没有空调和电扇的夏天，我们离了扇子不行。

有人就索性把这四句话写到了扇子上，像块标语牌似的老是举着，好让可能会向他借扇子的张三李四免开尊口。其实仔细想想这也多余，很少有人真会向他借扇子用，因为人人都有嘛。神气什么哩？

意思差不多，但含蓄一点的做法，是在扇子上写下自己的名字。我敢说从前那些扇子上，多半是有人名写着的。

至于我母亲，还有我母亲的母亲，她们爱惜扇子的做法，是每每在新买的芭蕉扇的边缘，缝上一圈布边。

绍兴毡帽

我敢说,以累计而论,全中国销量最大的帽子,要算绍兴毡帽。

虽然这种帽子从来不曾流行到绍兴之外。就连绍兴边上的萧山也很少有人戴它。

男人戴的帽子,我从小到大见识过来,一时一款地流行过许多花样。不用说,小时候男孩们都是最羡慕军帽的。后来我下乡了,又开始羡慕当工人。而代表工人阶级的帽子,通常就是鸭舌帽了。与军帽无缘的我,倒是先后有过三顶鸭舌帽,尽管工人只当了两年。

再后来我就不怎么戴帽子了,但还是眼看着男人的帽子继续不断地翻新花样,毛线帽、旅游帽、罗宋帽、棒球帽、高尔夫帽,一波波地流行起新的时尚……

绍兴毡帽却始终没变。无论你们流行什么花样,它无动于衷。老样子，老主顾。年复一年地依旧戴在绍兴人的头上。

不久前我从绍兴给自己弄来一顶毡帽戴戴。仔细琢磨一番，觉得它的确有道理长盛不衰。

首先是它的形状极简单，整个儿有点像栽花的瓦盆。越简单就越容易制作，成本越低，卖价也越便宜，越可能成为大众的日常用品。这不是什么时髦，毡帽在绍兴人眼里，就像一户人家的锅碗瓢盆一样平常。

再说颜色：一概黑色，也叫玄色，是绍兴人最认同的颜色，广泛应用于他们的房子，他们的乌篷船，他们的传统衣着……

绍兴人通常是在脑后翻起一道折檐戴毡帽的，这便添出了额外的好处。除了遮风御寒，毡帽还是多功能的，派得上别的种种用场：

翻起的檐槽有两寸深，这地方能插笔。早先在我插队的地方，生产小队的记账员，总是把圆珠笔，甚至连同一个小本子，往那里一塞，就当作是他的公文包了。

也有夹香烟的。总比夹在耳背上文明些，也牢靠些。

买东西，找回了钱，也可以把毡帽摘下来，把几张钞票放进帽兜里，然后往头上一扣，当个钱包用。

不太计较脏净的话，还可以往这里面盛放刚从小店买的饼干、香糕、茴香豆、带壳的花生之类。这就像是一个果盘了。

至于幽默很多的绍兴人,说他们还曾拿毡帽拷老酒,盛豆腐,甚至当夜壶撒尿,当然是说笑话,不必当真了。

生煤炉

大清早起来生煤炉,是儿时的我每天必做的活。每天要吃饭嘛。

那时候的城里人家都烧煤炉。烧饭,烧菜,烧开水,都是把锅、壶坐在这一截桶状的炉子上。虽然有过好多次为节煤而搞的煤炉的革新,但大体上煤炉还是那个样子。里边烧着煤球,形状椭圆又略扁,供应站让我们凭票去买的那种。

有时为了图便宜,我们也会把挤碎的煤粉买回家来,和上适量的水,自己动手捏成一个个球状的煤块,摆放在露天里一块石板上让太阳把它们晒干。或者,更简单又不必弄脏手的做法,是把那调了水的煤糊,在太阳底下摊成一大张厚饼,再用竹片划出许多均匀的方格。等这整块大煤饼晒干了,从石板上铲下来的就是许多的小煤饼。反正，从前的人过日子，总是有办法替自家省点钱的。

用火钳或铁叉加一回煤球，够烧开两壶水或者做一顿简单的饭菜，此后若还需用炉火，就该再添煤球。直到晚上，吃了饭，洗了脚，该睡觉了，就让那已经快烧尽的炉火慢慢熄了，等来日清早再重新生火。

当然也可以不让它灭，叫作"封炉子"。那反倒是要给炉膛加满煤球，再把下边的炉门关上，炉口盖上铁盖，或者铺上一层湿煤糊，中间捅个小洞眼稍稍通点儿风。只要不窒息，尽量少通风，加足的煤球就够这一夜慢慢烧的。记得小时候我常有牢骚在心里嘀咕：我妈要是每晚都肯这样封炉子，何必我每天一大早起来辛苦？

我知道，这也是为了省钱。省下这一夜被白白烧掉的十多个煤球。

我就只好打着哈欠，把炉子拎到院子里。先把炉灰撒尽，再填进一些引火的废纸、刨木花、碎柴片。其实废纸那时候一般人家是难得有的，倒是毛豆壳这类日常废杂物很多。本来是垃圾，扔掉就扔掉了，但晒上两日太阳，也能当引火的柴火。等这些细柴引着了上边那层粗一点的木块，就可以往炉子里加进煤球了。

煤一下子燃不着，我得用一把破芭蕉扇从下边的炉门口往里啪哒啪哒地扇风，让那火呼呼直蹿。

院子里也不光我一个，其他街坊孩子也差不多都是在这个时辰出来生煤炉的。我们一起弄出一大片破扇子呼呼啦啦的声响，就用这个伴奏着清早的鸡叫。

也有省力的办法可让我们偷偷懒，要是这个早晨有点儿风在刮，就省得我们费劲扇很久了。把炉门朝向上风，再在炉口上摆一个铁皮做成两尺高的小烟囱，好让炉火随这自然的风势把煤球燃着。

那样，院子里就是好几支烟囱在冒烟，而我和这帮伙伴，就不妨先躲到别处玩一会儿再说。

蓑衣

在我们江南,一年当中有很多日子是雨天。有时候,整月整月的阴雨连绵,令人心头一片晦气,腻烦透了。但天要下雨,你能不让它下?

雨天带给我们的,多半是麻烦。

起码是出门要带雨具。这就添累赘了。雨伞、雨衣、雨鞋等等,都是些穿在身上很气闷,拿在手里很别扭的东西。可人们雨天出门做事,又少不了这些累赘。对付大自然给我们添的麻烦,我们的办法实在不多。

从前的人没有听说过塑料这码事,更谈不上有什么塑料雨衣、雨披。但从前,江南多雨,和今天却是一样的。

下雨天出门做事,从前的人也一样需要雨衣。从前的雨衣,就是蓑衣了。

从棕榈树的叶鞘剥下的棕丝,或者叫棕毛,在从前,除了可以绑床上的棕绷,再一宗大用场,就是编蓑衣,让乡下农民用它来挡风遮雨。棕丝带点儿油性，不容易沾水。雨点落在上边，就像在鹅、在鸭子身上那样，使劲甩甩就没了。

外观上看起来，蓑衣显得很笨重，穿在身上铺张开很大的一堆。分量是有点重的，不过，若讲肩臂活动的自由，蓑衣却是比现在的普通塑料雨衣更便于穿着者做事，因为它实际上只是个披肩，胳膊下边是敞开的，不像现在的雨衣，紧紧裹在身上，让你感到碍手碍脚。

另外，比起塑料雨衣来，蓑衣还有一个好处，就是很通气，没有那种像是被捂在塑料袋里的感觉。

总之，在从前还没有塑料的时候，或者说，在人们可以用塑料来造这造那之前，利用大自然长在南方土地上的棕榈树及其棕丝，来对付大自然落给南方土地的特别多的雨水，倒是一个蛮合理的解决办法。

谁也说不清像这样对付过去多少个世纪。在我们江南乡村的集体记忆里，蓑衣几乎就是一件衣裳，也差不多就是一件农具。

但不管怎么说，这种古老的雨具，如今是快要成为文物了，越来越难得见着有人穿它，越来越稀罕了。

如今你还能看到的蓑衣，恐怕多半是在电影或者电视的武打片里。一个穿蓑衣，戴笠帽的武林高手，沉默寡言，独自一人坐在小客栈的角落里……

糖桂花

秋天里最香是桂花。

香得这么盛,这般扑鼻地浓郁,换成别的什么花儿的另一种类型的香法,一定让人受不了。

许多种花儿的香味,闻闻倒也罢了。或者顶多是提炼出香精来,做进化妆品里,譬如玫瑰、兰花、郁金香等等。固然都是花香,却是香得太高贵了,要么就是太幽雅了,不能和我们的俗气的食欲相容。

但桂花另当别论。桂花是凡俗的,无论就其生长的普遍还是香味的朴实而言,它都不在高雅之列。满城飘香只因桂花树多,而实在桂花之香不温不火,平平和和,讨人喜欢,乃至令我们的食欲感到亲切,所以会被做成食品——除了从前很有名的,连传说中的月宫也有出产的桂花酒之外,还有桂花糖。

这后一种，用我们的江浙话，也叫"糖桂花"。

在桂花开到盛时，让我们享受过一阵香艳之后，花农们就要采花做糖了。

最好是在大清早，还带着露水，桂花容易摇落。这好比就是花农的摇钱树呢，因此尽量不肯伤着树枝。实在也不用使多大劲儿，只需举根竹竿轻轻拍打，开盛了的花瓣便簌簌地落下。

地上先已铺好大块兜布，用它接住这阵纷纷急落的花雨。

采完了这棵树的花，他们又带着同样的家伙去对付下一棵。最后是把从一棵棵树上采得的花儿统统收集到一个筐里。采遍许多树，收获也只是这么一小筐，毕竟桂花的花朵太小。但用来做糖桂花，约莫能有一坛子呢。那就不算少了。

把花采回了家，花农们先是用筛子筛去其中掺混着的树棍、叶片等等，然后盛在竹匾里晒上一两个太阳。这样处理过原料，接下来就可以做糖桂花了。

其实不如说是用糖来腌桂花，就像我们南方人家都会用盐来腌制种种咸菜那样。往坛子里铺一层糖，上面就撒上一层花。使劲用手掌搓揉搓揉，把花瓣揉蔫了。再往上铺糖，再往上又是一层花儿……

如此一层层地边铺边揉，逐渐填满了坛子。离坛口还有那么寸把的一截，是厚厚地、满满实实地盖上一层食盐，就用这盐层来封住坛口，让里面的糖桂花不仅能最终完成腌制，而且保持长久不坏。这情形，虽说还不能完全封闭，一点儿也不透气，却不至于让外界的有害空气侵入，因为盐能杀菌。

就这样做成了让我小时候很馋的糖桂花——记忆里好像从来没过瘾。真的，我们那时候，桂花树还没有现在这么多。再说光是白糖就已经够难得了。更难得的糖桂花，是要留着款待客人的，母亲轻易不动用。家里来了客人，冲上一碗我们江南的藕粉当点心，那碗里就撒上了糖桂花——其实只撒了那么一点点。

不过，虽然是客人在享用，我在一旁闻着也好香。

剃头挑子

从前无论什么店铺都很少,而很多生意是人们挑着担子满街做的。

从前的剃头师傅,就等于是把整爿理发店挑在肩上走了。

那剃头挑子的两头,各是一件可折叠收拢的木器,看上去像两个小柜子。前边的相当于理发店里让我们面对着的那个台面,也有镜子,还兼着洗头的功能,有个孔可以搁脸盆;后边那件,翻起靠背就是理发的座椅了,也能改变角度让人仰躺着。那下边则是两个放剃刀、推剪之类的抽屉。虽然简陋,这里面倒是一应家什都齐全了。

剃头师傅和这剃头挑了,形影不离的一对,游荡在我们记忆的巷口街角……

不过,说真的,小时候的我们,并不喜欢剃头。冰凉、生硬的推剪在脖颈上反复捣鼓，让它呵得怪痒痒的。还得安安耽耽坐上很久，让剃头师傅摁着脑袋，拨弄来拨弄去……反正男孩们多半会觉得剃头是很受罪的。见到这剃头挑子，决不像我们见了爆米花转炉那样兴奋。剃头师傅是我们尽量要躲着点儿的。

可他却总是有办法把我们一个个地搜罗到他这儿来。我母亲也总是更乐意把我交给剃头师傅而不是爆米花师傅。每隔一段时候，那剃头挑子又在街口摆开，而我们又得准备吃一回苦头。拗不过爹妈的强硬，该剃头的男孩们还是都来了，一人一个小板凳，在那儿坐开一溜。有时候人很多，你得等上好半天。

好像是要安抚安抚我们，那剃头挑子的两个抽屉里倒总是能让我们找出几本小人书来看。都是已经翻得很破烂的。还都是看过好多遍，看了又看的。可小时候的我们不在乎破烂，也耐烦得起。何止小人书，看《地道战》《平原游击队》那些电影，我们不也是十遍八遍地看了又看，熟得都能整本整本背下来么？剃头师傅很容易对付我们，知道靠几本小人书就能把这堆小脑瓜儿稳稳拴在这儿，等他来一个个地收拾。这还不仅是留住了他的生意，还免得手脚不闲的我们乱动乱摸他那些工具。

看完自己手里的这本，和边上别的孩子换一本，再接着看,这就不觉得等待的气闷。甚至,有几回,该轮到我剃头了,而手里刚换来的这本小人书还没看完,我倒宁肯让别人先剃。等我过完这把瘾再说。

记忆里,小时候的剃头,不是什么开心事,每每委屈很多。唯独随剃头挑子一同挑来的那些小人书,还算有点意思。

下雪了

总算盼到下雪了!

在我们南方,像模像样下一场雪,不是那种半吊子的雨夹雪,真正是一朵朵飘下来的雪,即使下得不算很大,也足以让小孩子们,还有大孩子们,甚至还有保留着孩子气的大人们,好好兴奋上一阵了。

也不怕人家北方人笑话,就这么点儿雪,就把那么多人从暖洋洋的房子里召唤出来,大冷天的,来到湖边,来到山上……其实,有些地方,地上的雪,真还不如玩雪的人多哩。但这也已经让大大小小的孩子们玩得很开心了。大自然难得赐给南方孩子的这场雪,真可以说是不玩白不玩哪!

你想嘛,人们玩别的游戏,别的玩物,那都是要他们多多少少付出一点代价的。你得先动手把那玩意儿做出来，要不就花钱买。而唯有老天爷送给我们的这场雪，可算是天上掉下来的一大件玩意儿。真的，不玩白不玩！

秋雨冬雪，大自然倒是一向如此。孩子们在雪地里玩耍，滚雪球，堆雪人，乘雪橇，恐怕也是很古老的事了。只是如今人们来玩雪，赏雪，还比从前多了个拿照相机甚至是摄像机拍雪景的花样。

可要让我说，怎么玩都不如我们小时候打雪仗来劲。

"战线"相隔十多米二十米，两边的孩子都在捏雪团，一个挨一个，摆放在各自的掩体里，和电影上看到的大人打仗，把一颗颗手榴弹摆开在战壕前沿，道理是一样。一旦开仗，至少第一个回合的互射，"弹药"是很充足的。两边都在狂轰滥炸。这边是拿破仑，那边是库图佐夫。

看出对方有点接不上了，便是冲锋的最佳时机。把自己还剩的雪团捧在左臂弯里，右手里再抓着一个，嗷嗷叫地冲出掩体。于是，满街满巷，甚至漫山遍野，一片混仗。一个个雪团呼啸而来，擦过耳边，打在额上，绽开满身满脸……

那时的我们真棒，打得狠，也挨得起，真有点战士般的勇猛、顽强。

不过，到了晚上回家，我们可就窝囊了。因为浑身上下一塌糊涂，衣裳裤子全都是泥污、冰渣，差不多每个孩子都会遭到大人的一顿臭骂。更糟的是鞋子整天踩在雪地里,湿透了。好歹只是一双鞋,明天还得穿呢。赶紧守着炉子烤吧。

脑子里却还惦记着,明天要是雪还没化,再和阿三他们打上一仗。

修阳伞，补雨伞

和如今我们一手购新物一手丢垃圾的过法不同，从前的生活是在修修补补中过的。

几乎每一样东西都经过了修修补补，所以也都能从老子用到儿子。那时的工厂没有流水线，而满街游荡着形形色色的修补匠。

修伞匠是其中的一拨，而且生意不错。尤其我们江南，最用得着雨伞。既然春秋两季的雨水下个不停，补天乏术，就只能是补雨伞了。

所有形形色色的阳伞、雨伞，从前到现在，道理都一样，都有伞面、伞骨和伞撑三个部分，只是材料用得不同，大小尺寸不一。记得住的最古老的一种是油纸伞。油纸做伞面，其余部分都是竹制，伞骨一根根的用了好多，在伞面上排列很密，收起来这伞就是很粗的一把，或者快要算得上一捆了。油纸容易戳破，所以后来用油布替代，伞面做成弯曲的穹状。油布结实多了，伞骨就不必很多。但也因为油布会老化、收缩，绷紧了力道太足，七八根伞骨撑不住，越发被拗弯，容易折断。

再后来，有了钢骨黑布的阳伞，结实且轻便，但对付不了大雨。再后来又有塑料伞、尼龙伞、折叠伞……

无论什么伞都会用坏。而无论坏在哪里，修伞匠都有办法把它们修好。在他的这副终年跟随他走村串巷的修伞挑子里，装备着他干活用的全部家什，材料、零配件和工具，一应俱全。这修伞挑子差不多就是一个小作坊了。

开这个小作坊需要的技能、手艺也是五花八门，有时像是篾匠做的，有时像是漆匠做法，有时又像是白铁工了，乃至最后他还得缝缝补补，做做女人的针线活儿。

会干各行各业的手工活，才好对付让他碰上的这样那样的雨伞毛病。油纸伞戳破了洞，他得剪块桃花纸贴上去，再刷上一种既当胶水又当隔雨油膜的涂料，颜色还得和原来一样；可要是人家要他补破洞的是把布伞，他就得捏针捏线了，依着那洞的大小补上布，缝几针；到了另一些时候，他又成了篾匠，得对付竹制的伞撑和伞骨。在那上边钻洞眼，穿铁丝……

样样都干，因为做成雨伞的材料，从竹木到织物到金属，样样都有。样样活儿，没有一样他说得上是精通、在行，却必须是"万金油"一般，样样都会来那么几下。

他精通的只是修伞。能把人家的伞修好就够了。他自然是知道，雨天里人们满街打着的红伞、绿伞，多半是经他或他的同行修过补过的旧伞。

当然，年头实在久了，伞也有坏到实在修不了的，或者是脱胎换骨的修法还不如新买一把划算。修伞匠也会这么劝你。不如就把破伞折一两角钱卖给他算了，好让他拆卸下还能用的东西，修补到另一把旧伞上。

杨梅烧酒

从电影上看到外国人喝酒,喜欢往那酒里兑水、加冰块或者是掺点别的酒。这让我想起来,我们中国人的习惯,是喜欢往烧酒里浸下一条蛇、一堆药材等等。

不过,那多半是不怎么样的酒。大概没有人会把蛇呀中药呀弄进"茅台"或者"五粮液"里面的。

当然从前也没有那么多的"茅台""五粮液",而人们也没有那么多钱可花到酒上。我倒是知道,我父亲还在世那会儿,多半时候是喝一种用番薯淀粉酿的劣质白酒,俗称"番薯烧"。这还算好的呢!后来有一个时期,"番薯烧"的供应还限量。不够喝,他老人家只得更等而下之,喝那种以野生植物块茎替代番薯的更为劣质的"金刚刺"。那些年,每到初夏,他老人家从外面拎回酒来,总是另一只手里也拎来些杨梅。用两只不知从哪里弄来的,原先是商店里盛雪花膏卖的巨型大口玻璃瓶盛着那酒,把洗净、控干的杨梅浸泡到酒里,然后旋紧那铁盖。

我父亲酒量不大,只是爱喝两口罢了,每顿那么一小盅儿。那两大瓶浸着杨梅的酒,或许够他喝半年了。

冬天的时候他浸点儿橘子皮。

如今我也是个喝得来酒的人了。如今猜想起来,理解他老人家这是在努力改善酒的品质。有点杨梅的汁水浸出来,溶在了酒里,那"番薯烧"甚而"金刚刺"的口味就不至于太恶劣了。

但我那时候并不理解。看着篮筐里那些紫得发黑、隔着老远就有一股鲜美的果味令我两腮发酸的杨梅,我心里着实懊恼:好端端的杨梅,父亲只让我吃两三个,其余的他都要浸酒。这岂不糟蹋!

可我母亲说,夏天里,杨梅烧酒能消暑、解毒,还有别的益处。显然母亲是出于卫生和健康的理由赞成他的。但我父亲却分明不是一个讲究养身之道的人。现在我明白,父亲图的只是酒味好些,没别的。

一家人吃饭的时候,父亲照例要喝他那一盅饭前酒。母亲则要他捞一个杨梅出来让我吃掉。

其实我早就尝过。白天趁他俩不在,我曾旋开瓶盖,偷吃过那酒里的杨梅。浸下日子不长,杨梅还有点鲜甜,可也有了冲鼻的酒味。我那时还是个小孩,像这样已经在酒里浸了几天的杨梅三四个吃下去,险险就要醉了。

无论如何,小时候的我,还是觉得没浸过酒的新鲜杨梅好吃多了。我那时真希望父亲戒了酒,把这省下的杨梅,让我们真正当作水果而不是酒下脚来吃。

可这没用。人小不顶事。何况毕竟是他老人家挣钱养活我。于是小时候的我,只能是吃酒下脚的杨梅,比吃新鲜杨梅还多。

义乌糖

早先有过一段时候,人们讲起糖来,主要就是两种。一种是白糖,那时大量靠进口,我们都叫古巴糖。另一种是土生土产,甚至颜色看着也是土红色的,我们叫它义乌糖。

这也是蔗糖的一种,甜味里略带点儿火焦味。那时的人通常都相信吃脑补脑,吃肝补肝那一套,而义乌糖的红颜色以及它那火焦味儿是个启发,让人们相信它可以补血,而且是暖性的,特别对产妇有益。这回倒没错,糖的确和血有很大关系。

义乌产红糖,全中国有点年纪的人都晓得,名气很大了。甚至,义乌糖成了所有红糖的统称,哪怕并非义乌出产,也都被那样叫了。

深秋季节,别处的农民忙着割稻,许多义乌人则是忙于收割甘蔗。

许多村子都是以出产甘蔗和糖为主,传统上几乎是家家都和这生意有关。在义乌的乡间流传着一个说法:当你老远望见有根烟囱高高竖立,哪怕你还没看见房子,也吃准了那烟囱的下边一定是在熬糖。

当然,义乌不光是有红糖。丰富的糖资源加上义乌人的巧手,自然可以派生出形形色色的土特产糖果品种。其中的一种,就是加工得很复杂,做起来很费事的葱管糖。我现在是大人了,不再关心某种糖果味道怎样。倒是看他们义乌人做葱管糖,这场面,这做法,更令我觉着有味道。

其实,做葱管糖的活儿很累人。熬好的糖浆不等完全冷却,结成发面似的一团,软硬也合适,接下来就是揉糖了,也像揉面的道理,越揉糖就越匀越细。可揉糖更费劲,因为揉着揉着糖就冷了,变得僵硬,所以义乌人是把糖团趁热缠在一根立柱上,抓住一把用力拉扯,这样的揉法才成。费劲大了,就得有三五个师傅换班,轮番上前来拉扯几把,直到把糖揉好。

葱管糖里面是裹了馅儿的,所以也得像擀饺子皮似的,要把这一大块糖团弄成一大张薄薄的糖皮。擀面杖是使不上劲了,索性得是一个人的分量,整个地站上去用脚踩踏，一点点地踏成一张巨大的糖饼。

这里面裹的是小米的爆米花，闻着真是一味地喷香。撒好了米花馅儿，这只大"饺子"就被包了起来。此时糖已完全冷却，再也搓捏不动了，得把它回热，才能有后边的手段。常言道，打鱼人知水性。这话若是套用到义乌人头上，只得说他们是熟糖性了。该要它软时软，该要它硬才硬。

再度加温回软的裹了馅儿的糖坯，开始被拉捏成一根长长的管子状的糖棒。这也是流水线一般，前头的师傅掌握着粗细，只管拉扯，后边自有人手一站站地接送这连续不断的糖棒……最后一站是按既定长短把糖棒一截截地切断，切成齐崭崭的一支支糖卷儿。而这之后的下一道工序，又得把糖稍许回热，好让糖卷儿的表面粘得住满满一圈芝麻。这就是义乌人的葱管糖了。

倘若小时候我就见过他们义乌人做糖，兴许就立志长大后我也做这事——成天把我粘在糖上，那该多好！

造房子

造房子通常是男人的事，从前的草房、土房也罢，如今的高楼大厦也罢，基本上都是男人们造的。

可也有一种"房子"，特地留给女孩们去造了。

用小刀或者树棍在一片空旷的泥地上，当然也可以用木炭、粉笔之类在水泥地面上，画出她们要造的那座"房子"。既可看作"图纸"，也索性就是已经造好的"房子"。数数有七层哪！但总共才九个"房间"：下边的三层都只是一间，第四层是并排横着的两间，第五层又是单间，第六层和第四层一样，到了最上面的第七层，那间叫作"天房"的，画成半圆形的一个拱顶，有点像是罗马的教堂。

我琢磨，这房子可是顶天立地了。而"天"在从前的人眼里也的确是半圆形的。还有"七"和"九"这两个数字，让我们的古人讲究起来，也好像是很有名堂，充满着玄机的。而且说到底，在把无论什么房子一层层地往上造的时候，造房子的人，禁不住是会想到天了。房顶就被很恰当地称作"天棚"，正如人的头顶也叫"天庭"。

当然，"造房子"的女孩们并没理会这么多。一定要理会点什么的话，我猜她们宁可是把这"房子"的图形看成一只蜻蜓：半圆的"天房"好比蜻蜓的脑袋，从那里直通下来的一长条，等于蜻蜓的身子，而那两层被隔开的并排双格的横条，就很像是蜻蜓的前后两对翅膀了。

像什么都没关系，这游戏真正需要的只是手和脚的运作技巧。

先是手上的功夫。拿一块大小适手、带点圆弧且两面都平滑的碎瓦或石片，由下而上依次往各层"房间"的格子里抛投。一层、二层近在咫尺，通常不会失误，再往上就难说了。抛不准，落到界外或是盖线，你就停一轮，靠边站，把"造房子"的资格让给对手。越到高层离你越远，抛准的难度越大。不过，回想起来，小时候看到女孩们玩，多半是抛得很准的。要是现在让她们到游艺场去抛圈套奖，恐怕要让场主们大大蚀本了。

可这还不算造了"房子"，还得单脚跳格，再用脚尖把那投入在规定"房间"里的瓦片逐层往上踢移——也是不能出界或盖线——一直将它踢进"天房"。到了这步，就可以两脚站定,背朝"天房"蹲下,伸手去摸起瓦片,然后再以单脚跳回原地。完成了这么一个来回,这女孩就在她抛瓦片的那个格子里画上一个记号,表示这间"房子"是她造的,归她了。在后边的对抗中,她可以跳进这里来休息休息,而对手却必须避开,越过。

渐渐地,"房子"一间间地有了主……"造房子"就变得有点像是职工从单位里分房子了。

粘知了

最具特征的夏日之声,恐怕要算知了的叫声了。

据我观察,如今的孩子们对这种夏日里无所不在的知了叫声好像都无动于衷。而小时候的我们,却是年复一年地,从中得着许多兴奋。

那时候我们南方孩子容易念白字,每每把知了说成"知鸟"。当然说"知鸟"也有些道理:鸟儿会飞,知了也会飞。小孩的道理就是这样,会飞的都算是鸟。

而且,所有的小孩都喜欢鸟。所有这样那样的飞翔,都让孩子们倾心向往。

只不过,真的鸟,哪怕麻雀,并不容易捉到。无奈求其次,夏天里的"知鸟",倒是不难到手的猎物。树上,林子里,有的是。

捉知了也有的是这样那样的办法。半大男孩爱显本事,每每爬到树上徒手去捉。知了有些呆傻，总是一动不动地停在那里，只顾叫。树干稍稍摇晃，直到人凑得很近了，它们都无所谓。

捉下那知了，那男孩就拿一根线拴着它的脖颈，牵在手里，然后任它怎么飞扑。挣扎累了，它自然就停落在他身上，把他的汗衫纤维当作原先那段树干。这男孩果然本事够大的话，或许他的身上会像这样停着五六只拴着线儿的知了呢。

不过爬树捉知了还是有点犯不着。干吗费这么大劲儿？从前的知了，简直是可以随地捡的。女孩们，或者年纪小些的文静男孩，就在树下寻找那些还没来得及上树的知了蛹。地上会有些形状很不规则的小洞眼，用小草棍儿轻轻一扒，立即豁开了一个五角铜币那么大的洞穴。知了蛹就在这里面，作好了出土上树的准备。把草棍儿伸进洞里，引逗这傻家伙用脚爪抓住草棍，就势提拎它上来，这很容易。当然，还有更不费劲的。你要是肯起早，天刚亮就到树林里去，你就会看到通常是在这个时辰出土离地的知了蛹，有许多已经爬到了树干上。但还只爬了一半，还在它们旅程的半道上。慢吞吞的，离地不高，你伸手可及，捡来就是。

但这还不是会叫会飞的知了。它们还得从蛹壳里孵化出来，慢慢长好它们的翅膀。有耐心的女孩们就把知了蛹停放到家中的窗纱上，等上一两天。

等不及，要捉现成的，既省力又省时的办法，就是举着竹竿去粘知了了。竹竿代替了爬树，而竿梢上一团粘性很大的桃胶、湿面团或者夏日里最容易搞到的让太阳烤烊的柏油，就相当于我们伸去提知了的手。

而且这比用手捉，感觉更有本事。竹竿高高举起，往知了身上猛一触粘的那一瞬间，感觉精彩极了。

小时候的我们，好多是干这事儿的高手，一粘一个准！

竹器

我们江南就是两样东西最多：稻米和竹子。

几乎是有山就有竹子。就算没有人种的，也必有野生的。而无论什么竹子，无论粗细长短，都让从前的人做成了这个那个。竹子的用途在从前的江南几乎无所不在。

那时候，乡下人家的许多草房，用的整根毛竹做的梁，而且全部的"墙"都是竹片扎的，外边再苫上稻草。

还有毛竹搭的桥，在山乡小涧随处可见。

还有篱笆的竹片，吹火的竹管。

许多农具的把柄是竹的。尤其那些扁担，最难忘了。从前不但是乡下农民离不开扁担，城里人家也很有用场。

竹筐、竹篮、竹匾，这些也都是城乡通用，家家必备的。上街买菜的妇女，都在臂弯里挎着一只篮子。如果是买冬天的腌白菜，几十斤上百斤地买，篮子就太小，用得上箩筐了。还有霉干菜，是要摊开在竹匾里拿出去晒的。江南气候潮湿，城乡人家总是有这样那样吃的用的，需要时常晾晒。走过从前的那些小街小巷，常可见大大小小的竹匾伸出窗台，摆上墙头，甚至是爬上了房顶，让那一片黑瓦像是贴上一块块膏药……

当然晾晒最多的还是衣裳。衣架是竹的，晾竿是竹的，而且搁置晾竿的"节节高"，还索性连竹节也利用上了。

厨房里的竹器肯定更多，除了锅灶盆缸，别的几乎都可能是竹子做的。竹编的蒸笼、竹扎的蒸架、竹丝笊篱、竹筒水舀、竹漏勺、竹饭篮、竹酒筲、竹碗橱、竹筷、竹铲……

那种竹壳热水瓶，从前的每户人家都能见着。

老人挠痒痒，用的是小竹耙儿。

小孩打苍蝇，用的是小竹拍儿。

扫帚也是竹的，畚箕也是竹的，来装运垃圾的人力车的车身也是竹的。

竹的钓鱼竿钓上鱼来，放进拴在河边的竹鱼篓里。

夏天乘凉，坐着一把小竹椅，自家门前摆场面，下着棋，说着话，喝着茶……

躺椅就更舒服了。脑袋搁在上边的竹枕上，闭一会儿眼睛，听听戏文，摇摇扇子，优哉游哉。

还有可以当床睡觉的竹榻。这要算是大件竹器了。尽管睡在竹榻上，动作大不得，一翻身就吱吱嘎嘎，可毕竟凉快呐，比棕绷上铺席子更让人睡得惬意。何况竹榻轻便，容易搬动。从前的夏夜，许多男人就在院子里摆两张长凳，搭上竹榻，就这么露天里睡了。

不过，想起来，从前那所有的竹器，最让我怀念的，倒是我一两岁时成天待在那里面的那个竹童车。我那部童车不带轮子，主要是为了让那个一两岁的我立得住，跌不倒。

捉毛蟹

除了餐桌上身价很高的湖蟹，在江南水乡，从前还有一种不起眼的小蟹，也曾是我儿时的美味。从溪边捉来它们，洗干净，裹上面糊，下到油锅里炸熟，就是很香脆的一碟。这种蟹个儿不大，了不得有个核桃大小。因为蟹腿上长着很长的毛，小时候的我们管它们叫毛蟹。

从前的江边、河岸、湖滩，到处爬动着毛蟹。甚至水田的田埂旁也能见着它们的踪迹。从前肯定是有过一段毛蟹们觉得日子蛮好过的时光。

傍着水，倚着岸，风光很不错，毛蟹们就在那草坡、土坎和泥滩上安营扎寨，掘出一个个钱币大小的洞洞。白天就待在这些洞里，把这当作了家。

不过，大概也像人和人不一样，有些人很勤快，喜欢把自己的家收拾得像模像样，而另一些比较懒惰的人则对什么都马虎些了。依我看毛蟹里边,也有会偷懒的,图省事,不愿费劲打洞,随便找块石头躲到下边就是了,这很现成。

而这也让捉毛蟹的我们很省事。把那石头翻个个儿,这只毛蟹就没地方躲了。谁叫它这么偷懒呢!

可大多数情况下,捉毛蟹可没那么容易。那些待在洞里的,四只毛脚就在洞口,你一目了然。但若想去捉它,你一伸手,它的动作可比你快,一下就退入洞穴深处,不见踪影了。这洞可能很深很深,还可能和别的洞连通着。你知道毛蟹逃去了哪里?

性急的小孩就会傻乎乎地拿个小刀、竹片挖呀挖的,会费很大的劲。这就好比是"鬼子"进了村,跟毛蟹们打起"地道战"来。当然是"鬼子"打不赢的,"地道"连成了片嘛。就在他这么吭哧吭哧费劲挖洞的当儿,毛蟹肯定已经从别处他没管着的哪个洞口跑掉了。

瞎捣鼓了几回以后,这孩子或许会渐渐地开窍,明白了捉毛蟹的要领,在于不让它往洞里跑。想点办法先切断毛蟹的退路,把它逼出洞来,才好下手。如果有一根小棍子往洞口旁松软的土里插入,正好插在毛蟹身后的洞道中央,插准了,拦截住,把它这么一惊,一挡,往外一赶,这事儿准成。

当然这也得有点眼力,他得会看蟹洞才行,得预先估计准确这洞道可能的走向。并非每回都能掐算得准,毛蟹打洞很少直来直去,更不会彼此雷同,千篇一律,就像那电影上讲的,"各村的地道都有许多高招……"

我已经记不得了,多少次捉毛蟹,多少次是我得逞,多少次则是我让毛蟹耍了。

从前的江河还没被污染,因此从前的毛蟹们,受到的最大骚扰,恐怕就是我们这帮孩子了。

爆米花

从前的小孩也嘴馋。难得有零食吃,爆米花就算是高级的。记得我母亲总是担心家里的粮票不够吃,好多回拒绝拿出米来给我解馋。她老人家当然也有道理,吃饭总是比吃零食重要。那个时候,听着外面一记记"嘭嘭"的爆响,夹杂着小孩们闹哄哄的欢喜,真让人心里痒痒得好像爬满了虫儿。也不全是为嘴馋,更主要是不甘心被排除在这场热闹和欢喜之外。

就在我还同母亲缠着的当儿,在那爆米花的转炉跟前,已经由许多竹篮、水桶、米袋、脸盆,还有盛米、盛蚕豆的竹罐或铁罐,就地排开一条长长的队伍……

其实是谁也没落下,满村满巷的小孩,有米没米的都在那儿了,哪怕仅仅是凑个热闹。再说也不至于一点都没份。你要是一直待在一旁,每爆出一炉,人家也都会让你抓一把尝的。

老半天了,长队还不见缩短。小孩们也不都是待在跟前傻等。不妨别处先玩一圈,反正有坛坛罐罐在那里排队。每当"嘭"的一响,在远处玩耍的我们都会转过头来张望,估计一下自己的米罐轮着没有。

起码是篮子又往前挪了。

从前的我们看待爆米花如同一桩盛事,一场仪式。

我们长大了,爆米花则衰落了。

大约在1980年代中期,一种新式的食品膨化机呼呼隆隆地出现在街头。那会儿,满城满街,人手一根大"棍子",白晃晃的一片舞动着。让它一挤对,老式的爆米花几乎销声匿迹。好多年看不到那黑锅转动,也听不到风箱呼噜了。

风水又转了十年。如今,那种"棍子"也不时髦了,已经把风头让给了从美国舶来的爆玉米花。大商场里常见新潮女郎手握纸筒,边走边往嘴里填送现爆的玉米花,一路把那香喷喷甜丝丝的气息带来带去……

不料,就在这种美式时髦风行的今天,我们的老式爆米花,隐匿多年之后,又悄悄转回我们这里来露了脸,悄悄地复活了。

又听到了风箱呼噜,转炉吱嘎,那一声声"嘭嘭"

爆响……

爆米花师傅还是从前的规矩：该要"爆"了，先把锅搁开，站起身，往锅口罩上麻袋，响响亮亮吆喝一声："响啰——！"

胆小的，还来得及捂上耳朵。

许多人的小时候，就爱听他这声吆喝。这里面有许多刺激，是不是？

"响啰——！"